Somente nos Cinemas

SÉRIE LÊPROSA
1. *a.s.a. – associação dos solitários anônimos*, Rosário Fusco
2. *BaléRalé*, Marcelino Freire
3. *Diana Caçadora & Tango Fantasma*, Márcia Denser
4. *Adorável Criatura Frankenstein*, Ademir Assunção
5. *Vitrola dos Ausentes*, Paulo Ribeiro
6. *Todo sol mais o Espírito Santo*, Lima Trindade
7. *Mercadorias e Futuro*, José Paes de Lira-Lirovsky
8. *Viagem de Joseph Língua*, Pedro Américo de Farias
9. *Angu de Sangue*, Marcelino Freire
10. *Somente nos Cinemas*, Jorge Ialanji Filholini

Somente nos Cinemas

Jorge Ialanji Filholini

Ateliê Editorial

Copyright © 2022 by Jorge Ialanji Filholini

Direitos reservados e protegidos pela Lei 9.610 de 19.2.1998.
É proibida a reprodução total ou parcial sem autorização, por escrito, da editora.

1ª edição – 2019
1ª reimpressão – 2022

DADOS INTERNACIONAIS DE CATALOGAÇÃO NA PUBLICAÇÃO (CIP)
(CÂMARA BRASILEIRA DO LIVRO, SP, BRASIL)

Filholini, Jorge Ialanji
    Somente nos Cinemas / Jorge Ialanji Filholini. – Cotia, SP: Ateliê
Editorial, 2022. – (Coleção LêProsa)

    ISBN 978-85-7480-836-9

    1. Contos brasileiros I. Título. II. Série.

19-29131   CDD-B869.3

Índices para catálogo sistemático:
1. Contos : Literatura brasileira   B869.3

Iolanda Rodrigues Biode – Bibliotecária – CRB-8/10014

Direitos reservados à

ATELIÊ EDITORIAL
Estrada da Aldeia de Carapicuíba, 897
06709-300 – Cotia – SP
Tel.: (11) 4702-5915
www.atelie.com.br | contato@atelie.com.br
facebook.com/atelieeditorial | blog.atelie.com.br

Printed in Brazil 2022
Foi feito o depósito legal

Para as cineastas
e os cineastas
do Brasil

Cinema é luz e tempo
AGNÈS VARDA

Penso em você, por exemplo,
largando o controle
remoto e dizendo –
do jeito mais lindo
do mundo – que adora
quando consegue pegar
um filme do começo.
MARCELO MONTENEGRO

Sumário

Somente nas Entranhas – *Cristina Judar* 13

Ilha de Edição 19
Projeto: Favela 23
Bianca Movies. 35
Eu Sou Sérgio Caetano. 47
O Mar 55
Fila de Cinema 61
O Diário de JF. 65
Terra Incógnita 83
Pablo Tentou Ser Super-herói. 93
Fuligens. 103
Sanca 113
Diálogos 117
O Eldorado 119
Desfecho. 143

Da Tela à Página e Vice-versa: Ou Algumas Reflexões
sobre *Somente nos Cinemas* (mas sem correr o risco de
cometer *spoilers*) – *Jorge Vicente Valentim* 149

Somente nas Entranhas,

de um profundo observador daquilo que se passa nos pântanos da nossa existência, que este livro poderia ter sido originado.

É na precisão do olhar deste autor-diretor que *Somente nos Cinemas* nos apresenta os cantos mais alardeados ou puídos da nossa alma, devidamente dissecados pelos holofotes que constituem a sua literatura. Jorge Filholini nos expõe ao que há de pouco e ao que vaza, sem dó ou recursos paliativos, em suas camadas de imagens, em seus jatos de cores, em suas cenas sequenciais.

Este livro traz as narrativas que nos cercam nestes nossos dias sem gosto definido, destituídos de um final previsível. Numa tela de dimensões variáveis, o autor deixa exposta a rotina que se acumula e as suas tragédias, sejam elas de caráter individual ou nacional. Suas histórias apresentam as proporções gigantescas que o segundo antes de uma ação abortada pode ganhar. Ou o impacto de um meteoro que despenca na força de uns mil quilômetros sobre nossas convicções mais petrificadas.

Com a literatura de Filholini, não dá para passar incólume, isento, ou acreditar que, ao fechar os olhos, tudo de ruim terá passado assim que voltarmos a abri-los. A fogueira é de todos, para todos. Seja ela um acúmulo de chamas imagéticas ou o elemento ígneo em seu potencial inteiro de destruição. Porque a morte está à espreita. Escondida no embalar de um berço ou no voo de uma libélula que, instantes atrás, esteve pousada sobre um corpo calado e frio.

Também há registros da vida, a abundância de seus extratos líquidos e viscosidades: sangue, suor, sêmen, pus e vísceras, nessas (de)composições aqui descritas com requintes de exatidão. O humor, o amor e o afeto – ou o que poderia ser entendido como a inserção de uma paleta de cores suaves – talvez figurem de forma contrastante-desconcertante, especialmente para quem possui uma visão dicotômica sobre a vida. Filholini comprova que a ternura presente nas almas vis não é algo contraproducente, mas plenamente possível (por essas e por outras razões a serem descobertas pelo público leitor, fiz questão de escrever "profundo observador do que se passa nos pântanos da nossa existência..." quando me refiri a ele no primeiro parágrafo deste texto).

O autor foge da obviedade ao traduzir o banal ou o clichê, que ele adora cortar em pedacinhos pra ver no que vai dar. Na dor e no prazer, entregamo-nos, conscientes cobaias. A transitoriedade de nossas existências é relatada em imagens que carregam, em si mesmas, mundos completos. Este é um dos grandes trunfos deste livro, que também é registro histórico, alucinação, perversidade, obra de arte, manchete de jornal de quinta, ovação que chega ao sétimo céu ou o retrato de políticas governamentais insanas.

Recomendo especial atenção às pérolas de linguagem poética espalhadas pelos tantos trechos de *Somente nos Ci-*

nemas (a tentação foi grande de citar algumas aqui, mas resisti. Assim no cinema como na literatura, *spoilers* ainda são imperdoáveis). A construção destes catorze contos nos leva à constatação do grande trabalho literário mais uma vez executado por Filholini. Palmas pra ele, que sorte a nossa.

Por fim, ouço claramente sua mensagem subliminar-explícita: "Corram para garantir os seus assentos. E, de forma alguma, deixem que a luz, aquela que nos é de direito, seja apagada".

CRISTINA JUDAR
São Paulo, setembro de 2019

Sorria,
você está sendo
fulminado

Ilha de Edição

Responda rápido. O que vale mais: um filme bom com o final ruim ou um filme ruim com aquele belo final? O produtor é que tem a palavra decisiva. Manda tudo para a ilha de edição. Quem mora em uma ilha de edição? A película queima depressa. Como sabe? Vi num filme. Repita comigo, Rosebud. Como? R-O-S-E-B-U-D. Era um trenó? Era apenas um trenó? E ainda chama de clássico. Corta! Corta! Cadê a luz? Não foi paga neste mês. Muitos roteiristas querem filmar mas não querem escrever. Ninguém consegue viver dentro de um estúdio. Ou você acha que Bogart era galã vinte quatro horas? O banheiro químico do *set* de filmagem é o mais democrático. Cagam diretores, atores, atrizes, roteiristas, contrarregras e figurantes. Viva, o produtor morreu. Foi achado em cima do dinheiro da bilheteria. O motivo? Engasgou-se com o charuto. Qual o filme da sua vida? *Nós que Nos Amávamos Tanto*, de 1974, do Scola. Não conheço, tem na Netflix? Chapado, ele me pediu para ler o seu roteiro, viagem a Marte e alienígenas sugadores de sangue. Rasguei. Refiz e patenteei. Boa história, mas cadê o monstro? Tem que ter monstro. Senão eu fecho o setor de efeitos especiais. Sou fã e quero *service*, disse a criança ao sair da sessão. Tá vendo aquele Oscar. Ganhei de melhor curta de animação. Sei. Qual o seu ator favorito? Ah, não vale soprar. Fecharam mais três longas com ele. Está em todos os jornais. O motivo? Bateu na esposa. Sou ator do método. Sou atriz de incorporar. Com este cachê sou o que você quiser. Eu prefiro rodar em plano sequência. Tá na moda. Já viu *Ben-Hur*? Não. *Oito e Meio*? Nem. *O Piano*? Nunca. *Serpico*? Oi? *Gritos e Sussurros*? Nem faço ideia. E por que raios você quer dirigir o meu filme? A culpa é do crítico de fazer o longa *flopar*. Qual é a cena da sua vida? A do chafariz. Ela insiste com Godard, Truffaut e Varda. Eu, de verdade, quero ver o filme do Vin Diesel. Sou do tempo em que se baixava pelo Emule. Eu sou do tempo do torrent. Eu sou do tempo em que se faziam bons filmes. Sou do tempo do VHS. Sou do tempo do DVD. Eu sou do tempo em que não havia esses super-heróis. Eu sou do tempo em que se fumava dentro da sala de cinema. Eu sou do tempo em que a censura cortava as cenas de nudez. Eu sou do tempo em que *Tubarão* era novidade. O meu tempo vê primeiro no *Rotten* as notas dos filmes. Se for preto e branco eu não assisto. Estacionamento, vinte reais a hora. Ingressos, trinta reais por pessoa. Pipoca e guaraná, quarenta e nove e noventa. O que viu de bom? *Twin Peaks*. Quando posso soltar *spoilers*? Logo depois da sessão? Vinte e quatro horas depois de assisti-lo? Uma semana depois da estreia? Qual é o signo do Chewbacca? Nossa, isto é muito *Black Mirror*! Eles estavam mortos? *Hello, Sydney! Attica! Attica! Attica! I singing in the rain. Its showtime, folks. Here's Johnny! I'll be back. Dave! Dave! Dave.* Sinceramente, querida, eu não dou a mínima. Olha, o seu roteiro é muito bom. Acho que só um filme não é o suficiente. Vamos fazer uma trilogia. Para apresentar melhor o universo daquela história. Na verdade, é mais dinheiro para o estúdio. Quantos filmes de diretoras você assistiu? Quantos filmes LGBTQI+ você viu? Quantos filmes de seu país você acompanhou? Este filme tem bons diálogos, excelentes sequências de ação, ótima trilha sonora. Só tem uma questão: o protagonista tem que ser negro? Duas estrelas? Apenas duas estrelas? Coloquem a cabeça do crítico naquela estaca. Corta! Corta! Pagaram a conta de luz? Ainda não. Sempre teremos Paris. Paris é para amantes, por isto fiquei apenas 35 minutos lá. De Niro ou Pacino? Kidman ou Roberts? Cruise ou Gere? The Rock ou Vin Diesel? Lee ou McQueen? E o Oscar vai para. *Central do Brasil*. Uma cena? Na escadaria da Igreja do Senhor do Bonfim. Tá bom, mais uma. O final de *Solaris*. Eu não vejo mais os filmes do Woody Allen. Mas já viu o novo do Polanski? Adorei. Me diz um filme que a atriz arrasa? *Uma Mulher Fantástica*. Tenho em mim todo o sentimento do mundo. Não, para, isso não é filme. Isto sim é uma marmelada. Enlatado americano. *How I Learned to Stop Worrying and Love the Bomb*. Fala de cinema francês, mas só assistiu *Amélie Poulain*. Mais uma adaptação? Remake? Reboot? Um clássico moderno. Obra-prima do cinema. Um final? *Bicho de Sete Cabeças*. Não aguento esses filmes coloridos do Almodóvar. Filminho de menina. Olha, esta cena ele criou para causar. Cala a boca e assista. Com quantos metros de filme se faz um filme? *Luzes da Cidade*. Uma trilha inesquecível? *O Guarda-Costas*. Jedi não tem plural. Somente nos cinemas. Exclusivo nas melhores salas. Eu já te disse, sabre de luz não existe. Corta! Corta! E a luz? Só na semana que vem. Uma expressão ruim? Retomada do cinema. Cena

145: O homem pisando na Lua. *Bombshell*. Bacurau. Me indica um filme? É de dar medo? Eu não gosto de dublagem. Droga! Merda! Beija a minha bunda. Fodedor de mãe. Ele não acompanha a legenda até o fim. O som do cinema brasileiro é ensurdecedor. O quê? *Hollyweed*. Inscrições abertas. Eu ainda quero ver o filme do Vin Diesel. Zumbis ou ETS? Vai ser uma enorme franquia. Meu top dez é. Injustiça ele não levar o prêmio. Liv Ullmann ou Bibi Andersson? Ingrid Thulin. ATENÇÃO, RODANDO CENA. Audição. Você não. Você não. Você não. Você sim. O produtor pediu para colocar a sobrinha dele no núcleo principal. Corta! Corta! Luz. Que luz? Ele tem o talento único. Um quê de Bergman, outro quê de Pasolini. Trilogia da Vingança. Trilogia do Anel. Trilogia da Máfia. Trilogia das Cores. Trilogia do Nolan. Trilogia Before. Por que a mulher é sempre a que está em perigo? *I wanna be a producer*. Uma turminha que irá aprontar tamanha confusão. E os filmes do abusador, como ficam? E as pessoas de quem ele abusou? Segundo o porta-voz: retiro sexual. Reconhecimento cinematográfico. Qual será a minha participação nisso tudo? Claquete. Cena 153: O tiro no presidente. McLovin. Um bom título, *O Beijo da Mulher-Aranha*. O meu Tarkovsky é com Y. Esta marca comercial tem que aparecer no filme. Amanhã a gente roda. Corta! Não temos luz. O cachê é muito alto para uma cena de quinze minutos. Não são quinze minutos, são mais de quinze anos de profissão. E o Groupe Dziga Vertov? Comunista aqui, não. Democracia em vertigem. Somos uma produtora anticapitalista. Hã? Ninguém atende na ilha de edição. Responda rápido: Para onde vai o cinema? A luz! A luz! A luz!

Projeto: Favela

Construí castelos. Escavei garimpos. Levantei pontes. Criei ilhas. Fabriquei estradas coloridas. Edifiquei cidades inteiras. Plantei caminhos para os mundos de unicórnios, fadas, *trolls*, duendes e bruxas. Caso queira abrir um túnel para um mundo mágico, eu traço os diâmetros. Tudo passa por mim. Muros e pixos. As décadas e séculos desejados. De dragões a galos. Paredes penetráveis. Isopores e madeiras. É só pedir que eu faço os cenários mais imponentes nos ambientes mais inóspitos.

O documento chegou há duas semanas no escritório. Foi deixado em cima da minha mesa. Uma pasta de cor terrosa com etiqueta na borda escrito com letra de mão garrafal PARA A CONSTRUTORA. Fiz gesto proposital de não entender a piada. Voltei do recesso do último trabalho e só hoje pude abrir a papelada. O tal documento, petulante, apontava ser um projeto monumental, a carta prepotente dava a impressão de ser descartável. Mas continuei. O próximo filme da produtora seria sobre crime organizado, tráfico de drogas, guerra entre milícias e traficantes. Não tinha ideia se seria chamada para elaborar os cenários ou era apenas uma consultoria. No final do documento. Um pedido de reunião. URGENTE – PROJETO: FAVELA. A mania das caixas-altas. Peguei a agenda, ainda nova, e procurei uma data depois do feriado.

Para criar mundo é preciso a mente aceitar que aquilo existe. O extraordinário não pode ser comparado com o absurdo. Separe as cores: as mais vibrantes na parte de trás do cenário. Assim não incomodam os olhos. A primeira demão nunca deve ser branca. Senão perde os diâmetros do espaço. Lembre-se de utilizar paletas leves, azul ou bege. Pode ser rosa, fica a critério do produtor. O conceito estético tem como objetivo conceber o sentimento do público. Cuidado, não confunda sentimento com sentimentalismo. Pieguice é para Hollywood. *Scène à faire.*

Passou um pouco do horário. Foram três cafés servidos em copinhos plásticos. Forte e com três gotas de adoçante. O secretário fazia os mesmos movimentos durante a minha presença. Atendia o telefone e marcava os horários no caderninho vermelho. Só mais alguns minutos, eles já vão chegar. Não me incomodo, o sofá é aconchegante. Mas é de napa. Jamais usei napa em meus cenários. Rasga fácil. Até com uma navalha cega. Quem não tem couro não tem cena. Eles chegaram meia hora atrasados. Ternos cafonas e gravatas baratas. Tinham dinheiro, mas não tinham bom gosto. O primeiro a me cumprimentar usava o penteado arrepiado com a ajuda do gel de cheiro forte. Algo semelhante a mentol. Quase espirrei. Terno azul-marinho, sapatos marrons e meias vermelhas descombinadas. O próximo a me estender a mão parecia muito com o primeiro. Talvez sejam irmãos. Produtores gostam de sociedades familiares. Barbudo, de estilo descolado. Vestia um paletó cinza sobre a camisa xadrez azul e preta. Na fivela metálica do cinto havia um desenho de uma câmera Super 8, cafona. Calça bege de risca de giz. Jamais coloque roupas xadrezes e listradas. A combinação é uma vergonha. O terceiro e último, acredito ser o mais importante, estava cumprimentando o secretário. Fazia piadinhas até ser chamado pelos irmãos. Com camisa surrada verde-clara de mangas levantadas. Ele me abraça. Sinto nos meus ombros o suor de suas axilas. O tilintar de suas pulseiras de ouro arranhando a minha nuca. Me dá dois beijos nas bochechas. Um hálito igual ao cheiro de tapete molhado estendido no varal. Tudo nele é úmido, das mãos ao pescoço. Fedia. Mas ninguém da recepção se importava. Virou para os irmãos e disse *This is the girl. This is the girl.*

A cenografia é a obra mimética da natureza. Extrai-se aos poucos o seu objeto concreto para um plano tridimensional. Comece pelo texto. Leia mais de cinco vezes o roteiro e anote tudo que pode ser transformado em quantidades de materiais maciços. Podem ser escadas, tablados, pódios, pilares, pisos, estruturas horizontais, verticais, curvas e linhas importantes para uma reflexão artística. E tudo de forma maleável para uma desmontagem fácil. Faça esboços. Utilize todo o palco ou estúdio. Suba as cordas. Reforce as beiradas. Atente-se aos detalhes. Críticos são chatos com o inverossímil. Interprete o ambiente. Cenários são atores sem falas.

A mesa de mogno era comprida. Cadeiras acrílicas dispersas no carpete roxo revestido por toda a sala. Três telas de *leds* ligadas na parede às minhas costas, na opção *mute*. Os irmãos sentaram nas pontas, o gringo no meio. Preferi me acomodar na posição oposta. Temos uma fantástica ideia para você, o cabelo arrepiado começou a reunião. Estamos aqui com o nosso amigo e produtor executivo Abrahan Shermann. O gringo. Ele escreveu um brilhante roteiro sobre a situação do nosso país. Cheio de locações especiais. Sim, perfeito, falava junto o irmão brega alisando a fivela. Nosso amigo Shermann soube detalhar cada cultura da nossa sociedade e deseja investir na produtora para a realização de um longa.

Bobinho é quem acha que a cenografia causa ilusão. Cada paisagem se encaixa em contextos. Falas e mãos alisam as superfícies das madeiras. Imagine o panorama? O sexo entre caixas e móveis. Decoração penetrando em circunferência. Esferas em caibros. Tablados prendendo na carne do cimento. Porcelanatos roçando mármores. Pisos e correntes. Telhas copulando calhas. Os cenários completamente nus. Sem cortinas. Em plena orgia.

Não vamos protelar. Nem gastar o seu tempo. Nosso querido amigo quer construir uma favela para o filme. Não, calma, irmão. Temos que despertar o interesse da nossa convidada. Shermann pede que seja uma favela de tamanho real. *Yeas. Yeas, fellas.* Suando ainda mais, o gringo vibra. Talvez a única palavra que ele saiba em português nesta sala é favela. Limpa a testa com um lenço prateado, bebe o copo cheio de água, o que o faz suar mais, aperta os braços dos irmãos, em posição de cruz. Repete *fellas*, coça a nuca, deixando cair alguns cabelos e caspas. Abre mais um botão da camisa. *I wanna real. Real.*

Quanto mede uma favela? Quem sabe o tamanho real de uma favela? Quem construiu a primeira favela? Tenho certeza de que quem construiu não a queria construir. Uma comunidade jamais aprovaria um estrangeiro se intrometer a besta e mexer na sua história. Os três querem uma resposta. Almejam o *glamour* do cinema. Nomes cravados em prêmios. Plaquinha ridícula em troféu ridículo escrito o nome da produtora. Levantar dinheiro da bilheteria. Gastar com garotas de programa. Encher o tanque do jatinho e levar uma mala cheia de cocaína para uma ilha no Caribe. Os três aguardam. Apertam as mãos. Posição de reza. Conspiram. Suam. Limpam os beiços. Escalam a oportunidade. O alto e nada mais. Eles esperam.

Fases da narrativa: sintagma narrativo junto com universo perturbado se ligam em universo restabelecido. Nunca se esquecendo de que uma situação inicial unida à transgressão alcança a meditação e o desenlace. O cenário é um mote contínuo, precisa-se da ação da cena para atrair a curiosidade do público. Os espaços que o diretor elabora têm que estar situados na originalidade decorativa e, fornecendo, assim, a perspectiva ilusória da filmagem. Ou seja, o mais real possível para o espectador se entrosar com o que está assistindo. Em tudo há referências. Kubrick e seu megalomaníaco cenário de *Barry Lyndon* demonstrou o mais palpável que um filme de época realizou. Cada plano de *Barry Lyndon* é uma obra-prima pintada com rolos de película.

Nunca confie no cenógrafo. Ele fará portas falsas, paredes ocas, casas sem telhados. Confundirá Sol e Lua, árvores de plásticos, janelas sem vistas e varais que não balançam com o vento. Paisagens artificiais. Os materiais chegaram duas semanas após eu assinar o contrato. Prestativo, o trio aparecia todo final de tarde para observar o andamento da construção. O gringo era o mais animado. Com capacete de segurança cor amarela, ele perguntava tudo, apontava com o dedo indicador os objetos. São tapumes. Vigas. Caixa--d'água. Amianto. Concretos. Galhos. Lonas. Barros. Placas. Canos grossos e finos. O gringo comprou um morro perto de Gonçalves, sul de Minas de Gerais. Mandou derrubar a floresta de araucárias para terraplanar, deixar o pico pelado, sem verde. Tratores entravam na sombria mata e varriam troncos, ninhos, cobras, ovos, folhas secas e lagartos. Os irmãos garantiram que tudo foi resolvido legalmente com o governo federal e estadual. Documentação autorizada. Firma reconhecida. Veja o carimbo.

A insanidade é o frescor na criação de um cenário. Minhas cinco cenografias favoritas do cinema são, não necessariamente nesta ordem. 1 – *Bonequinha de Luxo*. 2 – *Cleópatra*. 3 – *Ben-Hur*. 4 – *Dogville*. E, por último, o Condado de *O Senhor dos Anéis*.

Toda favela nasce velha. Ruínas construídas de madeiras obsoletas, arquitetura desalinhada. De longe, um cordão bambo de terra truncada. Do alto, moradias feitas aleatoriamente de quebradas, pendores. Conscientemente uma área abandonada. Febris, casas brutalmente espancadas, esfoladas. Viradas ao avesso. Mas em pé. Bambas, presas com marteladas de pregos enferrujados. Nem o cenário mais caro consegue demostrar aqueles lares insultados. Desconforto, banheiro minúsculo atravessando a cozinha. Cavernas. Colchões de palhas secas no cimento frio. Sala estreita com teto baixo, suja de barro. Redes improvisam lajes, toscos bancos de três pernas, acessórios oxidados, mobílias sujas e prontas para desabarem. Feições obscenas das habitações. Labirintos. Vielas, ruas e becos irregulares.

Aparentam veias de concreto impedidas de seguirem rumo. Qual raça vive ali? Humanos confundidos com ratos.

O gringo se divertia. Batia palmas a cada barraco levantado. Suava ao subir a ladeira. Bebia uísque de sua garrafinha guardada no bolso da camisa bege e dava ordens aos trabalhadores. Não havia folga. O prazo para a favela ficar pronta estava apertado. Bêbado, ele queria se enturmar comigo, perguntava de onde vim. Onde moro. Onde bebo. Tentou pedir pinos de cocaína, mas não encontrou traficante em cena. Para se proteger do sol colocava um boné escrito *Brazil. I love this place*. O gringo não fazia drama, era todo desengonçado. Queria fazer parte. Ouvia Emicida, Tom Zé, Ben Jor e Criolo. Este último, para demonstrar a comunicação, o gringo passava o dedo na própria pele e dizia: Cre-o-lô.

O cenário verbal é ponto importante para se consagrar um dramaturgo. Shakespeare era mestre neste conceito. Ele deixava para o público interpretar os ambientes em que os personagens de suas peças dialogavam. Sem mostrar no palco. Podiam ser florestas, alpes, rios e imensas tabernas. Estavam nos textos, mas não em cena. Oferecer uma trama é abordar algo além da dimensão do espaço. É colocar o espectador para trabalhar durante a situação cênica. Pensar. Imaginar. Hoje é explicadinho. Explícito. Um rodapé maior que o livro.

A notícia chegou pela manhã. Ainda faltava fazer o saneamento básico e ligação da luz. O jornal apontou para a manchete. GOVERNO FAZ REINTEGRAÇÃO DE POSSE EM FAVELA DE MINAS. Mais de duzentas famílias sem casas. Beirava a mil pessoas expulsas. Elas estão vindo para cá. Uma favela quase pronta para morar. Ocupar. O monumental cenário deu o que falar há meses. Jornalistas publicaram em páginas de cultura e jornais apontavam megalomania dos produtores e investimento pesado do gringo. Enalteceram ele por escolher o nosso país para a realização da produção, que já se tornou histórica. O gringo e os irmãos deram entrevistas a canais de Youtube e *talk shows*, encaravam brincadeiras de blocos dos programas. Aumentavam ibopes. Vendiam fotografias da obra. Conquistaram investidores.

Meu pai foi ator, trabalhou quase vinte anos nos teatros de Araraquara. Na escola, já mostrava talento, quando a professora marcava apresentações nas datas comemorativas, papai virava Getúlio Vargas, trabalhador rural, Dom Pedro I, Dom João, Pedro Álvares Cabral, Jeca Tatu, Dorival Caymmi, Carmen Miranda e Noel Rosa. Junto com amigos do bairro montou o Grupo Colo de Mãe para adaptar as peças de dramaturgos atuais. O coletivo não tinha sede, ensaiavam na garagem de Dona Ivone, veterana atriz e apoiadora da iniciativa dos jovens artistas. Papai fazia o figurino no quartinho do fundo da casa de vovó. Comprava panos e plumas. Preferia a madrugada para costurar. Ele me dizia que o silêncio da noite é primordial para pensar nas concepções das peças. O teatro é ritual, o ator é o mensageiro espiritual. Recebe poderosas energias, rompe com o efeito previsto. Atuar é a extravagante sensação de rebolar a bunda para a realidade. O sonho de papai foi interrompido pela Ditadura Militar. O grupo estava pronto para entrar em cartaz com a adaptação de *Liberdade, Liberdade*, quando baixou a polícia. Papai ficou treze dias preso. Dois sendo torturado. Ele achava que só havia repressão na capital.

O grupo acabou. Amigos foram para o exílio e papai nunca mais subiu em um palco.

Uma ligação atrás da outra. Não deixe ninguém entrar. Um dos irmãos mandava os seguranças particulares barrarem os portões dos bastidores. Ele descia até os *trailers*, bermuda cáqui e camiseta polo grená. Não tirava o celular da mão. Enviava textos, gravava áudios, digitava os números dos advogados. O gringo, suado e com a camiseta amassada, não entendia o corre-corre preocupado dos irmãos. Tentou conversar com um, mas não obteve resposta, foi em outro, a mesma situação. Ele queria compreender o que é reintegração de posse. *Hell. Hell.*

Na noite era capaz de enxergar pontas de chamas na estrada. As famílias começavam a chegar. Mal aperfeiçoadas. Mal de ano. Pernas em pernas. Tropeando. Impaciente procissão. Malas improvisadas com lençóis. Traziam as únicas roupas que não foram queimadas pela polícia. Carrinhos de mão ziguezagueavam para não baterem em pedras. Crianças no colo de mães com bocas secas e hematomas nos pescoços. Panos coloridos amarrados nos rostos. Evitando a respiração da poeira da estrada. Vento forte trazia grãos de areia vermelha na face. Canelas fracas, doloridas pelos cassetetes. Tentaram lutar até o último momento para ficarem nas habitações. Quando o governo não te quer, não há poder maior para evitar a expulsão. Até o céu os reprovava. Eles chegaram. Saídos da terra. Aportados da lama. Aproaram ao pé do morro cenográfico.

Não tem lugar para vocês aqui. Os irmãos avisavam no alto-falante ligado na beirada do portão de entrada para o *set*. Voltem. Por favor, isto aqui é apenas de mentira. O gringo pede mais policiamento, mas ninguém entende o que ele fala. As tochas iluminavam os rostos invasores. Figurantes. O líder do grupo disse que não interessa se é para o filme, avisou que iriam ocupar. Os seguranças particulares não tinham muito o que fazer. Eram corpos demais para segurarem. Fizeram com as mãos os mesmos gestos de Pôncio Pilatos. Pediram demissão. Os irmãos desesperados tomaram a entrada da favela. Esticaram os braços e apertavam as mãos um do outro. Uma corrente humana fajuta. Não entrem, por favor. Esta favela é nossa. A população pedia para o gringo aparecer. Ele tem que nos ajudar. Escondido no banheiro químico, Shermann, seboso, maltrajado e trigueiro, acovardou-se. Abriria uma fresta e, de relance, espiava o ocorrido.

Já construí oceanos, hemisférios, planetas e satélites. Tiro do papel os primores, formosos, majestosos, grandiosos, inesquecíveis e tentadores universos. Toque, são verdadeiros. Deslize o dedo no indescritível. Ornamentos soberanos. Paisagens bexigosas, sarapintadas e maculosas. *Constructeur.*

As pontas das chamas se alinhavam nas curvas desiguais das vielas. Os novos moradores escolhiam os novos lares. Apagavam as tochas e entravam nos cômodos. Os barracos cenográficos ganham vivências. Respiros. Os irmãos amarrados nas cercas protestam, mas ninguém presta atenção. Uma criança me pede para ajudá-la a abrir a janela. Foi a primeira vez em que uma janela cenográfica teve uma vista do cotidiano sem roteiro e filmagem. Ninguém interrompia. Não havia pedidos de cortes. A criança apontou para o alto do morro. Perguntou se aquilo é tudo dela. Respondi que é o seu teatro ambulante. O palco é grande e o espetáculo apenas começou.

Ao fim da ocupação e os familiares em seus lares, encontrei o gringo saindo do banheiro. Assustado com o fato de não ter mais controle de sua própria obra. Ele me pede ajuda. Ajoelha-se. Quer explicações. *Whata fuck?* Pego no seu braço, levanto-o. Ajeito a sua camiseta e limpo as mangas sujas de barro. Aproximo de sua orelha esquerda e digo. Aqui está a sua favela. Pronta para ser filmada.

Bianca Movies

Por que tirou? Coloca de novo. É a terceira vez que Bianca me pede para tocar *Last Nite*. Embora eu também goste da canção, é em Bianca onde a energia se concentra. Afinal, a histeria começou após ela ver o clipe na MTV. Pegou o telefone e me ligou. Escuta isto. Olha que batida boa. Está em décimo lugar no Disk. Dá pra acreditar? Ajuda a ligar e colocá-los no topo. Eu nunca disquei.

Conheci Bianca em uma noite de junho. Fazia muito frio em São Carlos. Não saía de casa com o tempo assim, os ventos são conhecidos como paredões invisíveis pelos moradores mais antigos. Impossível ultrapassar. Faltava um mês para o final do semestre da universidade. Cálculos acumulavam-se por toda a cabeça. Uma epidemia acadêmica, a quarentena dos estudantes. Em períodos assim, os livros são companhias indesejadas e inseparáveis. Para evitar a mente acumulada de números, eu tinha como escapatória a lanchonete em frente da minha *kitnet*. Um dos raros lugares gastronômicos de Sanca a ficar aberto até a madrugada.

Enquanto o garçom trocava a tulipa de chope, Bianca se aproximou da mesa. O cutucão no ombro e um pedido de "desculpa" seguido por "com licença". Minha amiga ali. Naquela mesa. Apostou comigo que não conseguiria encontrar alguém neste lugar para alugar um cinema junto comigo. Quer ser meu sócio? A pergunta sem sentido. Supetão. Sem noção por alguns segundos. Porém, o sorriso dela demonstrou ser piada. Explicou-se. Na verdade, vim pra cá porque a minha amiga está grudada naquele cara. Conheceu-o recentemente e a pegação dos dois está me deixando nervosa. Sou a vela da noite. Tá sozinho? Posso me sentar?

E Bianca se sentou. Pediu chope e puxou papo. É sério, sonho em alugar um cinema. Como nem tenho grana já o imagino no aluguel. Mas vale a pena. Uma sala. Duzentos lugares ou menos. Aquela telona branca do tamanho de uma nave. Tá, eu sei que é menor que uma espaçonave da NASA, mas me deixa sonhar. É só apagar a luz e pronto, você assiste à história que preferir. Sem esquecer o balde grande de pipoca com manteiga. Muita manteiga. Como será o som de um projetor ligado? Você sabe? Para mim parece as batidas dos dedos do meu avô na máquina de escrever. Ainda recordo. Plac. Plac. Plac. Plac. Eu ficava assistindo aos filmes na televisão pequenina no chão do canto do escritório. Sessão da Tarde. *Os Goonies. Karatê Kid. A Lagoa Azul. De Volta para o Futuro*, a trilogia. Bianca dizia os filmes com a ajuda dos dedos. Um dedo levantado, um filme já assistido. Fala aí, gosta de filmes? Respondi se *O Predador* servia.

Bianca virou o resto de chope e me puxou para o canto da mesa. Esta semana vai passar *Corpo Fechado*. O mesmo diretor do *Sexto Sentido*. Não acredito que nunca assistiu? Puta merda, cara, em que mundo você vive? O diretor é muito bom. Falam que ele é o novo mestre do suspense. Achei exagero. Calma, *man*. O nome dele é *eme naite* alguma coisa. Difícil lembrar. *Eu Vejo Gente Morta* foi bordão na faculdade por meses. Como assim? Não assistiu? Meu Deus, vamos sumir daqui e passar na locadora. Você precisa ver hoje o DVD. Aliás, qual o seu nome?

Saímos despercebidos. Tem que ser de fininho. Igual agente secreto, Gustavo. Bianca e suas referências aos filmes. Cabeça de transformar em trama policial os casos cotidianos. A locadora é o lugar onde faz acalento nos seus olhos passando apressados pelas prateleiras dos gêneros. Faroeste-Terror-Documentário-Desenho-Drama-Suspense-Vem-cá. Olha isto. *Laranja Mecânica*. Filmaço do Kubrick. Uma vez, com sete anos, eu fui com o meu pai na locadora de vídeos do bairro. Fiquei encarando esta capa. Olhos brilhantes com um punhal na sua fuça. Insisti para levar e assistir. Ele nunca me deixou alugar. É perigoso esse filme. Muito violento. De jeito nenhum. Filha minha não vai ver isto. Só fui conhecer a mente de Alex aos dezenove em uma mostra do diretor feita pelo DCE da UFSCar. Sabe, Gustavo, quando um filme te pega de jeito, você jamais vai largar dele. Mesmo assistindo milhares de vezes. É como bater na porta do apartamento de um amigo que você não via há muito tempo. Pode conhecer o jeito dele andar, puxar papo, gesticular. Cada frase dita. A conversa igual. Os anos de convivência. Mas, sem se dar conta, nos detalhes, tudo se torna um *take* novo.

Eu nunca havia escutado o nome de Stanley Kubrick. Bianca pasmou, engasgou e tossiu por causa da resposta. Eu pensei que ele fosse russo. Ela fez careta e prometeu que faríamos uma maratona com filmes do diretor. Mas vamos deixar *2001* por último, senão eu durmo. Virou as costas para mim e caminhou pelos corredores da locadora. Saiu dos Clássicos e entrou nos Lançamentos. Escondia-se nas estantes. Colocava as capas dos filmes no rosto. Veja este pôster. Quero ele enorme na parede da minha sala. De frente para a porta de entrada. Pega esta frase: "No espaço ninguém pode ouvir você gritar". E este aqui também. É do Bergman. O personagem joga xadrez com a morte. Qual jogo você gostaria de ter com a dona da foice?

Tênis de mesa. Bianca gargalhou e tirou o cacho fino de cabelo da minha testa. Que tédio. Você não prestaria para escrever um roteiro. Tênis de mesa é muito chato, Gustavo. Vamos lá. Diga outro. Gamão. Meu Deus, que horror. Vamos procurar logo o filme e sair daqui ou só terá Adam Sandler para alugar.

Na rua, Bianca enrolava-se com as canções de *Amor Sublime Amor*. Chacoalhava a sacola com os DVDs dentro. Quando não se lembrava de toda a letra, emendava para as de *Mary Poppins*. Gustavo, quero um *crossover* desses dois filmes. Na certa daria uma ótima bilheteria. Eu apenas sorria. Não entendia nada o que ela falava ou cantava.

Estou com vontade de devorar toda Hollywood. Bateu a fome. Procurávamos uma lanchonete aberta em São Carlos. Tudo fecha depois da meia-noite. Querem manter os estudantes distantes. Mania de achar que somos apenas maconheiros. A maldita ideia de sermos violentos. Vagabundos. Que cidade, *mon amour*. Que cidade. Mas tudo bem. Quer saber, Gustavo. Este pedaço de terra do interior será a minha *Casablanca*. Sempre teremos São Carlos. Pediu-me um abraço. Caminhamos à procura de luz que vazasse uma brecha da porta de algum estabelecimento alimentício. Bianca interrompeu os passos e encarou meus lábios, colocou as duas mãos na minha cabeça. Virou-me de perfil e, pertinho do meu ouvido, disse conhecer um ótimo lugar para comermos. O melhor lanche da cidade. Você vai amar.

Perto da UFSCar os bares costumam ficar abertos até tarde por causa dos cursos noturnos. Venha para a rua dos botecos, Gustavo. A nossa estrada de tijolos amarelos. Os donos são tratados como o Mágico de Oz. Salvam os nossos insaciáveis desejos estomacais.

Bianca vira a esquina e abre os braços. Coloca o sorriso para fora e me traz ao outro lado da calçada. Igual a um mestre de cerimônia de um circo. Ela me apresenta o espetáculo boêmio. Bem-vindo ao Bar do Amaral. Era inevitável não passar por ali e não se sentar e beber uma garrafa de Bavaria. A mais em conta do cardápio. Você precisa conhecer a chapa de lanche daqui. x-egg, x-burguer, x-salada, x-tudo o que couber no pão. Uma mistura de óleo, banha vegetal, *bacon*, nacos de contrafilé com pitadas de cebolas em rodelas. Está vendo ali naquela mesa? É o pessoal da Música. Mais tarde vai rolar um chorinho. A do lado ficam os pensadores da Filosofia. Tentam, depois de encherem a cara, comparar Sérgio Mendes com Heidegger. Não me pergunte como eles chegam nessa interpretação. Atrás de você está o povo da Letras. São os calouros do meu curso. Aguarde, na quinta garrafa de cerveja vão reclamar dos orientadores. Não chegam à conclusão alguma e mandam à merda todas as bibliografias canônicas do curso. Temos um lema: "O que é cristalizado na literatura não quebra, mas a gente faz trincar". Este aqui é um pouco do meu pedaço, Gustavo. Minha cerveja e os tragos de San Marino baratinhos vendidos soltos pelo nosso Amaral.

A noite é onde a loucura pede o descarrego do corpo. Bianca não se intimida, pede para aumentar o volume do rádio dentro do carro estacionado na beira da calçada. Sobe na cadeira de metal, em seguida na mesa, e chama todos para dançarem *Lust For Life*. Isto é Iggy, *man*. Ao meu redor, todos entram na insanidade da música. Bianca grita para mim do alto da mesa. Suba. Limpa a boca, tem maionese. O sentimento foi de vergonha. Para Bianca não é motivo de ficar acanhado. Ela esticou o braço e me trouxe ao pequeno quadrado onde antes era a nossa mesa. Agora é o palco. Limpou a maionese do canto da minha boca com os dedos. Estávamos com os rostos colados. Bianca me beijou. Os olhos fechados. Imersos. Senti-me igual a um desenho. Fumaças saindo dos ouvidos e corações girando em cima da cabeça. Uma sensação de cinema com as luzes apagadas. A música aos poucos abaixou e subiu o barulho da película rolando. Eu e ela em uma sala. Escutando o rolo de película em movimento. Velozes. A imagem criando vida. Assistíamos a nós na tela imensa. Maior que uma espaçonave. Nossos lábios. O projetor tem o som do beijo de Bianca.

Que delícia, Gustavo. Você beija bem, *man*. Fiquei até com vontade de imitar o orgasmo da Meg Ryan em *When Harry Met Sally*. Bianca gargalhou. Eu nunca entendia as suas referências.

A gente vai se ver de novo. Ela pegou o meu celular e digitou o seu número. Taí, agora estou na sua prateleira de contatos. É só procurar.

Bianca Movies? É um romance?

Não. Suspense.

A última vez em que estive com Bianca foi em uma discussão pesada entre nós. Era uma quinta-feira de novembro, no quarto do seu apartamento. Ela de pernas cruzadas no meio da cama. Mexia nos pés com os dedos da mão. Não queria me olhar. Balançava a cabeça. Um gesto de reprovação. Discutia comigo encarando o chão. Ou as suas unhas pintadas de roxo. O tique no ombro esquerdo quando ficava impaciente. A preocupação com o final de semestre e os artigos com prazos de entrega eram os temas da discussão. Ela pedia para eu desencanar. Vamos ver um filme e ficar juntos. Eu hesitava e respondia estar preocupado com as matérias. Precisava ficar sozinho. A minha situação não era a das melhores na universidade. Se eu pegar DP serei jubilado. Bianca não demonstrava importância. A vida não é só o academicismo, Gustavo. Aprendo muito mais na mesa enferrujada do Amaral. Agora você vem me falar de universidade? Jubilar? Sai pra lá. Sala de aula é masturbação para os egos dos professores. *Blowjob* dos aluninhos. Disso quero distância. Foda-se a Academia. Esse canudo de papel só vai servir para pendurar na parede do orgulho de seus pais. Você realmente se importa com esse feudo intelectual chamado faculdade? Não tem mais jeito, *mon amour*. É o mesmo que dialogar sobre deuses com céticos. Este nosso filme acabou. E sem *happy end*. A linguagem é o mecanismo mais perigoso do ser humano. É a porta aberta de onde saem raivas, ódios, carinhos e amores. Externa-se o sintoma do rancor confinado na alma. Bianca pediu que eu fosse embora. Obedeci. Desci as escadas, e nos degraus consegui escutar os DVDs jogados na parede. Uma semana sem notícias ou palavras trocadas no celular. Bianca havia desaparecido. Nossa relação, a tela preta aguardando os créditos finais subirem.

Não entendia o porquê de atravessar meses com emaranhados símbolos cinematográficos que, imediatamente, me remetem a Bianca. Foi na manhã de maio. Ainda recordo o mês. Havia estreado *Abril Despedaçado* no pequeno cinema de rua da cidade. Recebi um novo *e-mail*. O *nick*: Bianca Movies. Ela queria marcar um encontro. Fazer as pazes. O melhor lugar seria antes da sessão das dez horas da noite. Ela também assistiria ao filme do Walter Salles. Quero ver contigo. O pessoal de São Paulo falou que o filme é fodão. Vamos? No momento me interessei pelo convite. Ela ainda escreveu da vontade louca de me apresentar uma banda que descobriu por esses dias. Chama Queens of The Stone Age. Tem aquele cara do Nirvana. Vê se me responde. Beijos.

Eu vou. Respondi. Sentia uma imensa saudade da Bianca. Dos papos de filmes. Seus abraços e carinhos quando eu dormia durante as três vezes que tentamos terminar *Magnólia*. Poxa, Gustavo, desse jeito você nunca verá a chuva de sapos. Chuva de quê? Bianca e seu amor maior pelo cinema. Seu último semestre de Letras. Ela nem imaginava chegar tão longe. Mas bravejava, todas as vezes em que voltávamos bêbados do Amaral, que o curso não serviu para porra nenhuma. Quero mesmo é o Cinema. Vou ser diretora. Eu a encorajava. Gostava de sua atitude. Você vai ver, Gustavo, nos créditos, *directed by* mim mesma. O Oscar que me aguarde, *mon amour*.

Eu nunca fui ao encontro com Bianca. Só assisti *Abril Despedaçado* anos mais tarde no doutorado em São Paulo. Subiram o filme inteiro no Youtube. A telinha pequenina. A camisa amarela solitária no meio do sertão me fazia recordar da Bianca à minha espera na entrada do cinema. Remoer a minha escolha de nunca ter ido àquele encontro. Sinto até hoje o momento do celular vibrar. Bianca Movies chamando. Chamando. Chamando. Chamando. Não atendi. Ela desistiu de ligar. O seu nome na parte de baixo da estante dos contatos. Guardo a última mensagem recebida. 21h55. *Você é mais estranho que a mente do Lynch. Adeus!* Como em todas as referências de filmes que Bianca fazia, entendi aquele recado muito tempo depois.

TROCAR PARA A FITA II

Qual filme vamos ver?

Cinema, Aspirinas e Urubus?

Parece ser interessante.

O Sesc exibia os filmes nacionais independentes. Aqueles que nunca passavam nas salas dos cinemas dos *shoppings*. Bom programa de final de domingo junto da Márcia. Conheci-a em um *show* do Marcelo Nova em Araraquara. Márcia estava na minha frente e reclamava do tamanho dos caras. Esses bostas atrapalham. Ela me chamou. Me ajuda a subir na grade. Quero ver o Marcelo, porra. Dei assistência. Após o *show*, fomos beber e já são mais de cinquenta concertos juntos. Temos a mania de guardar os ingressos dentro do nosso cofrinho de porco.

Você vai na fila?

Compra as pipocas?

No corredor onde atravessa a bilheteria para a lanchonete, uma pessoa sai do banheiro e esbarra em mim. Era a Bianca. Dentes escondidos. Lábios grudados. Batom vermelho. Vestia uma camisa xadrez rubro-negra. A boina verde que nada combinava com o All Star cinza. Estendeu a mão direita. Fiz o mesmo. Como se fôssemos estranhos. O aperto de mãos de quem havia fechado um negócio milionário. Frio e egoísta.

Quanto tempo, hein?

Está tudo bem?

Estou ótima. O que faz por aqui? Não se formou, não?

Formei. A minha namorada está no mestrado. Defenderá nesta semana. Mudamos por uns meses pra cá.

Sempre teremos São Carlos. Quem é ela?

Aquela ali na bilheteria. Ela compra os ingressos e eu a pipoca. E você? O que faz aqui?

Fui convidada pelo curso de Imagem & Som. Meu curta foi premiado e darei um *workshop*.

Enveredou-se para o cinema?

Cineasta.

Isto é incrível. Realizou o seu sonho.

Abandonei a Letras e parti para os *States*. Enfim, consegui sair de lá com o curso finalizado. Pelo menos agora eu sei ligar uma câmera. Vai ver o novo do Marcelo Gomes?

Esse mesmo.

É muito bom. Fique de olho nesse ator. João Miguel. Ele é incrível.

Vou prestar atenção. Novos projetos?

Estou na produção do filme da Anna Muylaert.

Não conheço. É boa diretora?

Excelente. Assista *Durval Discos*.

Vou anotar. Mas quero ver esse que você vai produzir.

Vai demorar um pouco para estrear. Eu te aviso. Quem sabe? Vou nessa. Bons filmes para você, Gustavo.

Bons filmes, Bianca.

Os caminhos mais uma vez seguiram roteiros opostos. Eu olhei para trás. Ela não. Existe uma história que meu tio contava em todas as ceias de Natal na casa de meus pais. No quinto ano, a gente já não prestava mais atenção, mas depois de encontrar Bianca novamente, recordei.

Prestem atenção. Estive em um hotel em Porto Velho. Não lembro o motivo. Isto nem interessa. Eu tenho a mania de abrir as gavetas dos armários nos hotéis onde fico. Gosto de ver as edições da Bíblia que os quartos têm. Algumas são pequenas, outras largas. Não importa, são todas com os mesmos versículos e apóstolos. Mas costumo roubá-las. Enfim, na gaveta desse quarto de hotel em Porto Velho não havia Bíblia. Encontrei um dedo humano. Entenderam? Um dedo, porra! Saí correndo de lá e tropecei no corredor. Uma porta se abriu e a pessoa que saiu foi me ajudar a levantar. Perguntou se eu estava bem. Não consegui responder. Apenas gargalhei. Ela também sorriu. Hoje somos casados.

Meu tio nunca explicou o que o aconteceu com o dedo. Não havia motivo para abrir a gaveta novamente, mas a história jamais foi esquecida. Foi assim com a Bianca. Não tem mais jeito de apagar. Nem gostaria. Quando posso, eu rebobino o nosso primeiro encontro. É então que certas memórias são transmitidas lentamente na tela de um cinema abandonado e sujo dentro de mim. O rolo de película no fim. O barulho do projetor diminuindo. Ficando longe. Um dia eu retorno para mais uma sessão. No celular. Na prateleira de contatos. Ela está.

Bianca Movies.

Um clássico que não canso de assistir.

Eu Sou Sérgio Caetano

O passado aparece vestido de pai. Parado na porta de entrada da minha antiga casa. A casa onde cresci. A tinta, terracota, brilhava. Havia sido pintada naquela cor quando eu tinha sete anos. Estava fresca. As pernas não deixavam os músculos trabalharem. Diante da porta. Estagnado. Apertava a campainha. Sem retorno. A casa onde cresci. A saudade tem cheiro de naftalina. Odor do paletó do meu pai, pendurado e esquecido no mancebo no canto detrás da porta de entrada. Eu sentia um aperto no pescoço. De quase quebrar a traqueia. Na sala, a mesa com copos cheios de vinho tinto. Proporcionais. Na vitrola, o disco do Gonzagão. "Saudade, o meu remédio é cantar. Saudade…". O preferido do meu pai. Reflexos de sombras na parede do corredor de acesso para a cozinha. Velas refletiam sombras com formatos corporais distorcidos e largos. Comemoravam o centenário do meu pai. Percebi nos coloridos numerais presos no meio do bolo. Fincados na cobertura branca. Meu pai encarava as chamas como alguém que observa a bosta descer pela descarga. Sem expressão. Habitual. Um deslocado de seu dia ou de saco cheio de aniversários. A cara de barro dele. Iguais esculturas artísticas malsucedidas. O rosto inchado. A pele verde invalida a sua cor natural. Rachaduras em seu pescoço. Um matagal de folhas secas é comparável com a sua aparência. Estava sentado em sua antiga cadeira de palha, revestida de madeira. Pernas cruzadas. Farejava as fumaças das velas. Não se importava com a desordem de familiares na cozinha. Um anônimo no próprio aniversário. Nem quis apagar o lume simbólico de seu centenário pairando pela cozinha. Levantou-se e caminhou em direção à porta do fundo da residência. Fui atrás dele. Eu sabia o caminho. Encontrei-o encostado na parede. Preparava o fumo dentro do cachimbo. Enfiava o maço com o indicador. Uma. Duas. Cinco vezes. Dedos sujos. Não tirava os olhos do chão. Contava os riscos? As pedras? Ou as tantas formigas enfileiradas a caminharem no concreto? Sem me encarar, começou a contar uma antiga piada. Um avião caiu no meio do deserto. Sobreviveram três pessoas. Caminharam por cinco dias naquela imensidão arenosa. Uma lâmpada mágica surgiu no trajeto deles. Na duna. Os três a esfregaram e saiu o gênio avisando que eles teriam os seus desejos realizados. Mas apenas um desejo por pessoa. O primeiro pediu para cair fora daquele inferno, queria acordar numa piscina no Hilton Hotel de Acapulco. Pá! Sumiu. O segundo pediu para acordar no balanço da rede na beira do rio em Paraty. *Puff*! O terceiro, com um olhar desesperador, demorou para fazer o seu pedido. Lembre-se, era o último. Chorou. Respirou e, convicto, falou: "traga-os de volta". As pessoas são assim. Você não pode estar numa boa que elas vão querer te puxar para baixo. Coletividade é um dente falso que quebra na primeira mordida da maçã. Aniversário foi criado para a felicidade dos convidados. A idade que se foda. Depois eu só enxergava a boca de meu pai se mexer. Não emitia som. Não o escutava. Senti o meu corpo ficar mais leve. Sereno. Comecei a levitar e subir e subir e subir. O quintal diminuía. Meu pai ficando menor. Ainda enxerguei ele guardando o cachimbo no bolso e sacando o seu revólver. Apontou-o para mim. O seu antigo 38. Respirou fundo. Puxou o gatilho. Acordei.

Parece que o seu velho vai viver até os cem.

Ele morreu há vinte anos. Use a carta do baralho. De preferência a de plástico. Aprendi isso em *Sopranos*. Não gruda como o cartão de crédito e, se desgastar, é só jogar fora. Pronto. Dá para quatro teques. Na tela do celular fica melhor. Tira do *wifi* para não vibrar e espalhar todo o pó na mesa.

Vinte conto cada pino. A crise afetou até as bocas. Filho da puta não quis diminuir. Já é humilhação descer na maloca e procurar esses porras zanzando de *bike*. Mas diminuir o preço não. Preço tabelado da banca. Quem depois se passa de zé droguinha sou eu. Marta já avisou que vai meter o fora se eu chegar no apê com a napa nevando. Ela nem me responde o *whats*. Percebeu no nosso corre quantas igrejas evangélicas passamos? Foram cinco! E andamos apenas quatro quarteirões. Vão dominar o mundo. Começam no bairro, depois na cidade, Estado e a presidência. Gritam. Berram. E levantam as mãos para Deus.

Foda-se Deus e os lambedores do manto dele! A coca tá no fim. Vai querer comprar mais?

Não, já tô de boa. Vou sair fora.

Vai pé dois?

Nem. Vou pegar um TX.

Cuidado. O nariz ficará fritando a noite toda.

Pode deixar. Qualquer coisa pego uma maratona na Netflix.

Vai lá, então, meu bom.

Valeu, e limpa a mesa depois.

Tá de boa.

Saí do apartamento e acenei para um táxi estacionado no meio do quarteirão. A bandeira elétrica grudada em cima do carro estava ligada. Ele não me reconheceu. Olhou por dois segundos no meu rosto quando entrei. Não deve se recordar. A memória dele nem ativou um espaço em que passamos juntos. Ou ele sabe quem eu sou e está humilhado de se apresentar por ser hoje um taxista.

Vai pra onde, meu caro?

"Meu caro" é o seu cu. Fala o meu nome. Eu sei que você me conhece. Tá com vergonha? Escroto. Pensamentos acelerados. Eu me recordo. Tomar socos no banheiro do pátio no intervalo das aulas. Engolir papel higiênico sujo no fundo da lixeira de alguma cabine menor que este Celta. Lamber a beirada molhada de urina do vaso sanitário. Puxar meu braço para trás. Ameaçar quebrá-lo se eu não chupasse o pau do Josemar. Covarde. O castigo pior estava por vir. Hoje ele é taxista e não me encara. Apaga as cenas protagonizadas comigo. Se pudesse, ele não usaria o retrovisor. Não quer me encarar.

Me leva até a Praça xv de Novembro.

Vou fazer esse filho da puta chorar. A sua última viagem de táxi. Vou cortar teu corpo inteiro. Quanto tempo à espera. Minha infância com as cuecas molhadas de mijo por causa da imagem de seu rosto vindo me dar o soco. Psicólogos pagos. O choro escondido da minha mãe quando cortava as unhas no banheiro do quartinho do fundo. Meu pai me humilhando nos churrascos com os amigos. Bichinha. Covarde. Chacota. O riso familiar congelado por mais de trinta anos.

Gosta dessas merdas de sertanejo? Só toca isso na rádio. Quer trocar de estação?

A testa suada. Adrenalina da coca ainda no talo da mente. Ele não faz ideia de quem eu sou? O suor desce frio igual filete de navalha na pele. A oportunidade do acerto de contas. É só saber pagá-la. O celular com a bateria no fim. As horas piscavam na tela. Três e trinta e cinco. Ele trabalha a madrugada inteira? Deve ter mais de um emprego. Contas a pagar. A prestação deste carango. O ponto de táxi não é barato. Já está dando mais de cinquenta pila esta viagem. Se deu bem. Vai conseguir comprar a cesta básica da semana. Será que já tem filho? Ou filhos? Separado? Engordou. Barba grossa. Preguiça da aparência. O homem macho em decadência. Geração ultrapassada. Eu gosto. Quero vê-lo em desgraça. Em miúdos. Devendo pro banco. Minha felicidade é observá-lo dentro desta minúscula lataria. Escritório vagabundo. Latrina. Jogarei a grana da corrida no chão para ele engatinhar e pegar. Com a boca. Feito um animal. Bicho remexendo o lixo. Minha vitória. Eu quero mais. Quero que ele saiba quem sou eu. Se desespere. Peça desculpa. Puxei assunto.

Eu tenho um amigo bem maluco. Éramos muito chegados na adolescência. Seu nome, Sérgio Caetano. Houve um tempo em que ele estava com bastante raiva. Ficava puto porque acordava todos os dias meia hora antes do alarme do celular. Todo dia, meia hora antes. Pensou ser um sinal.

Aviso divino. Ou pura sacanagem do destino. Tirou cartas de Tarô, as lâminas nada revelavam. Jogou búzios, mas as pedras não respondiam. O psicólogo diagnosticou calmantes. Zero solução. Sérgio Caetano levantava nervoso. Repreendia o bom-dia de sua mãe e nem olhava na cara do pai. Qualquer desavença poderia desencadear a briga. E a raiva aumentava. O ódio de acordar cedo demais. E qual o motivo de levantar cedo demais? Mais um cochilo, ele implorava. Mas não adiantava. Passou uma semana, dias e meses. Meia hora antes do despertador. Sérgio Caetano não aguentou. Pegou a faca na terceira gaveta do armário da cozinha e desceu trinta e oito facadas nos pais. Vinte cinco no pai e treze na mãe. Foi capturado na mesma noite. Encarando o seu rosto no reflexo da faca. Cumpriu quase vinte anos de cana. Saiu faz alguns dias. Dizem que agora ele dorme como uma pedra.

Amigo teu? Que crueldade.

Tempos tenebrosos. Pode parar ali.

Mas não tem casa. É um baldio.

Encoste.

A corrida terminada. Morderia a jugular dele. Jorraria sangue no vidro. Molharia o estofado fedido. Podia pegar o extintor e amassar a sua cara. *Irreversível*. Não tenho coragem. Meu pai tinha razão. O meu maior monstro na minha frente à espera do dinheiro. A oportunidade. E não consigo fazer nada.

Na grana ou no cartão?

Eu não sei socar uma pessoa. Nunca briguei. Só apanhei. Não sei quando estou no controle. Ofensivo. A covardia é o escudo dos inúteis. A vergonha dos homens. Saí pela calçada que não sei de onde é e para aonde vai. Estou em um bairro sem mapa. Diante de um terreno. Ele agradece o dinheiro levantando a mão de dentro do painel. Não sai do carro para nada. Essa bunda quadrada. Suada e nojenta. Acho que usa fralda. Caga dentro do carro. Se for ao banheiro perde uma corrida. Perde o dinheiro. Ganha um negativo no saldo do banco.

Ele parou na esquina. O Celta. Semáforo vermelho. O minuto decisivo. Mais uma chance. Não se joga fora o pão que o destino esquentou. Fui de novo até o táxi.

Hei! Hei! Hei!

Esqueceu algo?

Eu sou Sérgio Caetano.

O tijolo fica mais pesado com os pedaços do rosto dele pendurado. Escorre sangue no meu braço. Ali tem um posto. Só lavar. Não irá reclamar do dinheiro que peguei. Quem é o covarde agora? Eu sou Sérgio Caetano. Engoliu dentes, línguas, pedaços da gengiva. Desmaiou. Larguei o tijolo. Sorriso da conquista pueril. A cara irreconhecível. Semáforo verde. Ele não sairá mais do lugar. A minha vitória. Os olhos dele caídos no asfalto. Peguei-os. Observei cada cor. Era castanho. Rolavam na palma da minha mão. Meus dedos ensanguentados. Eu sou Sérgio Caetano. Um dos olhos me piscou.

Hei? Senhor? Na grana ou no cartão?

O Mar

Todos amam o mar. Eu não. Todos levam seus amigos para verem o mar. Eu não. Todos tiram férias para mergulhar no mar. Eu não. Todos querem paz diante do mar. Eu nunca tive. Todos imaginam renascer depois de segundos debaixo de uma onda. Eu não. Todos jogam garrafas com o nome de um amor para boiarem por todo o oceano. Eu não. Todos fazem canções para exaltar as águas salgadas. Eu nunca soube fazer uma melodia. Todos se casam à beira da praia. Eu não. Todos levam crianças para banharem as primeiras células da epiderme em uma maré. Eu não. Todos almejam um instante de reflexão às margens da praia. Eu larguei o corpo da minha filha no mar.

Carolina acordou com o desejo de ver o mar. Mas quero ir sozinha.

Invente um universo sem aflição para sair imune de um conflito com os filhos. Ter filho para mim era um desejo naufragado. Fugia de braçadas de cuidar de crianças. Não puxava brincadeira e evitava ficar perto das crias de amigos. Eu odiava seres humanos recém-nascidos. Trocaria um bebê por três gatos. Crianças babam e fazem muitas perguntas. Não tinha paciência de ensinar ou conversar com elas. Bebês cagam demais. Tinha náuseas nas estações

de metrô por ter que dar lugar para grávidas sentarem. Vê-
-las carregando um proto-rebelde-marrento-ingrato-pos-
sível-fracassado e deixando as marcas eternas nas peles
e psicológicos de suas mães. Toda mãe tem ódio de seus
filhos dentro delas. E quando nascem, a paz e a individualidade é cessada pelo herdeiro algoz. Crianças demoram
muito para crescerem.

Meu pai gostava de explicar como educar uma criança.
Sentado em seu banquinho de plástico de cor amarela, com
um aspecto de magistrado, gesticulava e buscava palavras
complexas, mas, em sua resignação, um tanto egocêntrica
em relação às formalidades pedagógicas, ele nunca ligou
para as suas próprias crias, embora fizesse analogias em relação aos meus vícios. Provocativo, insinuava que criar filho não é igual cocaína, que se compra na biqueira, cheira e
some. As ladainhas de meu pai ecoando sucessivamente nos
meus ouvidos iguais sons de ondas dentro de uma concha.

Três anos depois de seu conselho, para comemorar o
meu aniversário, fui à procura por pinos de cocaína, deixei
o portão aberto de casa. Carolina quis conhecer o mundo
com as próprias pernas. Foi a última vez a tocar o solo por
conta própria. O estrondo é a peste das minhas lembranças.
O motorista do Escort apontou o semáforo na cor verde,
como quem apontava ter visto um OVNI. Sem testemunhas
na rua. Foi absolvido. Era um domingo. Aos domingos, todos preferem ficar em casa, na sala de estar assistindo *Topa
Tudo por Dinheiro*.

Carolina ficou paraplégica. Quinze anos a se banhar
com a companhia do enfermeiro. Esticar as pernas. Dobrar os joelhos. Esticar. Dobrar. Joelho. Perna. Pés. Dedos.

Cotovelos. Ombros. Esticar. Joelhos. Dobrar. Nunca sem a ajuda de outras mãos. Se deixasse um dia sem exercícios, as escaras apareciam. Elas me lembram da eterna dependência de Carolina. O abandono da individualidade. O silêncio nas trocas de roupas demonstrava a vergonha. O sexo exposto. As chagas da imobilidade a consumia. Minha filha se transformou no ser humano obsoleto de um metro e doze de altura.

Quem todo o dia beija os pés de santos jamais vai querer receber o milagre a longo prazo. Somos do imediato. Diante de uma imagem terrível, é preciso nos resguardar. Refletir e não surtar. Carolina tentou a igreja. Chorou nas missas. Leu o Evangelho. Nunca se identificou com o cristianismo. Não há um apóstolo deficiente nesta merda. Rezou. Implorou. Desiludiu-se. Fincou a ponta da cruz metálica na coxa. Queria sentir o estalo do sistema nervoso se manifestando. Mas só sangue jorrava no quarto. Tomou trinta pontos. Todos os dias eram dias perturbadores. A persistência de Carolina em mutilação. Culpar o Espírito Santo. A guerra declarada contra Deus. Quando não temos a quem culpar, somos atrevidos a arrumar brigas com o invisível.

Versículos são como águas que descem da cachoeira. Curtas, barulhentas e nunca tendo as mesmas interpretações. Ninguém mergulha no mesmo rio duas vezes. Carolina me disse da necessidade de molhar o corpo no sal de uma praia. Eu havia entendido. Ela quer encarar o oceano. Demonstrar coragem. Ter pela frente algo grandioso que lhe dê empenho de enfrentar seus medos. O mar é maior que uma concha. Entretanto, é dentro dela onde se escuta o pedido de socorro. Minha filha quer acertar as contas com a natureza. Duelar contra Deus. A praia é o seu melhor campo de batalha. Sem bandeira branca. Não há trégua a quem foi machucado. Raciocinar a ideia de Carolina. Ela me puxa para perto de seu ombro. Coloca meu cabelo atrás da orelha. Antes de falar, seu bafo quente me arrepia. Quero que me deixe sozinha. Eu e o mar. Não sonego desejos. Até mesmo de minha filha.

Penso em diversas alternativas de suprir seus mórbidos anseios. A liberdade tem lá os seus reveses. És livre de escolha para a morte. Porém, a razão age por via das mágoas. A vontade de Carolina eu despejei com o vômito dentro do tanque da lavanderia. Arquitetar e aceitar a morte da própria filha. Dias atrás, enquanto ela assistia à tevê. Enrolei um pedaço de corda de aço nas mãos. Estiquei. Passaria pela sua cabeça e puxaria com força a garganta para trás. Sufocaria. A língua roxa à mostra. O apito do microondas atrapalhou. A pipoca pronta e quente. A sessão vai começar, papai.

Quando se quer algo, faça até o fim. A ansiedade é o cão louco dando voltas pela casa. Sabe que em poucos minutos ele irá se cansar, mas só vai parar quando não tem mais solução. Ou ficará louco. Eu precisava tirar toda a tensão. Mas Carolina insistia. Quero dar um forte abraço no mar.

O mar é um bom lugar para sumir. É banho dos suicidas. Túmulo dos desconhecidos. Lugar de se jogar segredos. Despejar pecados. É onde boca de peixe engole as evidências em decomposição.

Não tenha medo, papai. Estou pronta.

O vento está forte. No horizonte, nuvens cinzas formam a barricada. Deus apresenta o seu exército. Carolina pede que solte a trava da cadeira de rodas. Ela empurra. Alguns metros solta os óculos na areia. Quando a morte está perto, a primeira alternativa é fechar os olhos. Não para Carolina. Ela enxerga, mesmo embaçado, os seus milésimos de segundos de vida. Não existe ponto fraco para abdicar da decisão do suicídio. Solta-se da cadeira de rodas. Desprende-se da armadura amarga que fez parte de seu corpo. Carolina mergulha.

Life is a cabaret, old chum. Come to the cabaret. Liza Minnelli me acorda. *Cabaret* passando na televisão. No Corujão. Madrugada sem lua e estrelas. Neblina que mais parece a fumaça do cigarro de Bob Fosse. O frio incomoda. Olho para a varanda. A cadeira de rodas no mesmo lugar. Sem Carolina. Percebem-se os grãos de areia ainda presos nas rodinhas. Meu pai gostava de dizer que na nossa família a paz só assenta quando voltamos de um funeral.

Todos me convidam para ver o mar. Todos querem saber o que houve com a minha filha. Ouço sussurros e dedos apontados. Escondidos, julgam-me. Eu assumo a culpa por Carolina.

Prometa nunca mais vir pra cá, papai?

Eu nunca mais molhei os meus pés naquele mar.

Fila de Cinema

– Preciso de um cortador de unhas.

– Sai daqui.

– Unha?

– Cai fora.

– Cortar?

– Vai, siga o seu caminho.

– Minha unha.

– Dá licença, vai.

– Só queria um.

– Mais um metido a lacrador.

– Não, eu só queria.

– Quer nada, não. Nem vem com esse papo.

– Mas, senhor.

– Senhor é o caralho.

– Eu imploro. Para não morrer na rua. Tem como me...

– Como nada. Não quero saber de seu partido.

– Partido? Sim, partir a unha.

– Onde já se viu. Isto aqui não anda.

– Um cortador de unhas.

– Nem vem. Tem dinheiro hoje, não

– Só quero um cortador de unhas.

– Coloquei todas moedinhas na porra da área azul.

– Cortar unhas.

– Já viu o quanto que eles chupam por uma hora aqui parado? Uma nota. E nem é coberto.

– Um cortador de unhas.

– Cai fora. Tem comida, não.

– Cortador.

– Sobrou nada.

– De unhas.

– Nadinha.

– Cortar.

– Já viu o preço de um rodízio? Setenta pila. Tá é louco.

– Minhas unhas.

– Trazem o boi de onde?

– Cortador de unhas.

– Cupim de ouro. Só pode ser.

– Por favor, colabore.

– E vem sempre mais cru do que mal passado.

– Senhor, só peço…

– Tem que cortar…

– Isso, cortador!

– Esses impostos do caralho. Recebi no *zap*.

– Senhor, necessito.

– Só aumenta. Estão nem aí.

– Unh…

– Forçam a barra. Temos que espalhar os áudios. Pra azucrinar a orelha desses merdas no poder.

– Poder cortar.

– Olha essa fila. Todo mundo resolveu ir no cinema hoje.

– Preciso arrancar hoje mesmo.

– Depois falam que estamos em crise.

– Crise no meu pé. Urgente

– O que é isso? Jornal?

– Pra jogar as unhas.

– Imprensa mentirosa. Só quer enganar.

– Ganhar um cortador.

– Acha o quê? Ganhar é fácil assim? Tem que merecer.

– Mereço um cortador de unhas.

– Esses bostas. Por isso que este país não vai pra frente.

– Me dê um cortador.

– E nem esta fila.

– As unhas estão apodrecendo.

– É isso mesmo, apodrecer o sistema político.

– Dedos roxos.

– Sem demagogia, mas precisamos voltar aos anos de respeito.

– Meu pé

– Ficam aí sujando o núcleo familiar.

– Inchado.

– Pressionar, estourar esse politicamente correto.

– Não consigo.

– Eu também não. Mas temos que tentar um jeito.

– Andar.

– Andam pra nada. Fila paradona. Um porre.

– Cortar.

– Gastos. Com certeza.

– A unha.

– Na unha.

– Ah, vai pra merda!

– De novo?

O Diário de JF

DIA 1: SEXTA-FEIRA

O pau do ator era maior do que o roteiro pedia. Não mereceu o papel. O diretor comentou no *set* durante o café da manhã o motivo da dispensa do ator principal. O papo das escolhas de elenco pela produção ainda estava fresco na minha cabeça. É o meu primeiro dia nos bastidores. Já fiz algumas pontas como figurante em filmes independentes. Agora é uma superprodução. Meu sonho sempre foi atuar. Desde o colégio. Chegava em casa e gostava de rever *Crepúsculo dos Deuses*. Gloria Swanson descendo as escadas de sua mansão na sequência final era o ápice em que um ser humano podia fincar da representação artística. Eu assistia tanto àquele filme que a fita ficou até comida por causa do cabeçote do videocassete. Me falaram que quando se usa muito o *rewind*, pode ter certeza: o seu VHS vai para o lixo. Eu sei, jamais se chegará à Gloria ou até mesmo em uma Bette Davis na sua *A Malvada*, por isso aceitei trabalhar na assistência de produção.

Um filme sobre pintos: *Boogie Nights*.

DIA 2, SÁBADO

O problema com os estúdios de Hollywood é que eles são covardes, disse Jim Jarmusch em uma entrevista. Hoje trabalhamos somente no período da manhã. O diretor pediu para interromper a construção dos cenários e a instalação de câmeras. Ele teve uma baixa na pressão, disse a Caroline, colega da equipe de produção. Fomos dispensados. Passei o almoço em um restaurante a caminho do hotel. Decidi voltar a pé. O calor estava intenso. Na televisão passava *Frances Ha*. Assisti pela primeira e única vez em 2012 – ano de sua estreia – e achava que essa amargura desenvolvida pelo enredo em preto e branco não teria lugar para minha vivência. Na época, meus 24 anos. Hoje revejo o longa e noto o desânimo e desencanto que a personagem de Greta transmite. A gente vai deixando de colorir a vida. Arrastamos a juventude, o orgulho, alguns amigos, certas atitudes e anseios que não fazem mais parte do momento atual. O aperto no peito de se identificar com a Sophie e não mais com a Frances correndo pelas avenidas.

Desejo: caminhar no Brooklyn ao lado de Spike Lee. Fazer compras com Greta Gerwig. Nunca mais assistir a *Frances Ha* sozinho.

DIA 3, SEGUNDA-FEIRA

Já reparou? Paulistanos têm medo de torcicolo. Eles nunca olham para o alto. Anabella me disse ao apontar o dedo para a Lua Cheia. Era julho de 2008. Passamos a noite toda admirando aquele satélite explodido na escuridão. Eu não disse a ela, mas recordei do dia em que a apresentei o piloto de *Mad Men*. O episódio da *Lucky Strike*. Bebemos três garrafas de vinho. Ela amava Carbenet. Eu prefiro Merlot. Anabella não quis dormir aquele dia em casa. Preferiu voltar para o seu apartamento na Barra Funda. Era tarde e decidiu pegar um táxi na Consolação. Um carro atravessou o farol vermelho e passou por cima dela. Manchas de sangue nas faixas brancas de pedestre, mãos com rubros filetes desciam de sua pele, ossos desafiavam a gravidade, expostos. Os olhos de Anabella secaram. O baque da batida fatal. O medo de tudo escurecer e não saber o caminho de volta. O corpo dolorido. Órgãos paralisando. Músculos contraídos. Surgiam os estranhos curiosos que incomodam. Anabella morreu alguns passos do meu apartamento. Eu havia escutado o estrondo forte vindo da rua. Deveria ter checado, mas já estava no banho, me ensaboando.

Cinema marginal: o filme estirado no asfalto.

DIA 5, QUARTA-FEIRA

Desejos: Enxugar a barba de Kubrick. Limpar as costas de Scola. Tomar chá das cinco às sete com Varda.

DIA 9, QUARTA-FEIRA

Caio me avisou que se tomar todo o líquido do frasco a dor é maior. Duas gotas de veneno e só. Na revista no cesto de madeira do banheiro do hotel, que fica do lado da privada, uma entrevista antiga com Suzana Amaral. Como não havia notado? Aquela revista está mofando há uns dez dias naquele cesto. Li e não gostei. Escondi o frasco, em pé para não derramar o líquido, no bolso da mochila.

Um filme da Suzana Amaral: *O Caso Morel*

DIA 12, SEXTA-FEIRA

Amanda Rivera chegou para as gravações. Sua agenda apertada não a intimidou de ficar um mês na cidade para o filme. Muito amiga da roteirista, Amanda fará o papel principal, ou seja, a maioria das cenas, exigindo leituras de roteiro e horas no *set*. Parece que ela não se importou. Cumprimentou toda a equipe. Com um rosto semelhante ao de Denise Gough, Amanda se sentou do meu lado. Almoçamos juntos. Perguntou o que eu estava comendo. Salada. A nutricionista pegou no meu pé na última consulta. Se não seguir o regime de nada adiantou a bariátrica. Amanda me contou que também estava de dieta, mas desejava comer bisteca com fritas. Ela com certeza sabe o que bom do mal de se empanturrar. Uma boa bisteca é aquela de chupar até o osso. Tem que ficar sem mais gordura no prato. Ela pediu um punhado de pepinos. Disse que adorava comê-los depois de passá-los na mostarda. Eu disse que faço isto com batatas fritas. Meu prazer é molhar as fritas no *ketchup*. Virou um hábito. Amanda é fissurada em lanches e fritas. Aqueles de padaria, sabe? É disso que eu precisava. Marcamos de sair escondidos para comermos um lanchão. Mas tem que ser naqueles furgões de rua. Prensados. E as batatas encharcadas de óleo.

Um filme sobre comida: *Estômago*.

DIA 13, SÁBADO

Procurei no Google: Amanda Rivera. Entrevistas, fotos de *set*, mapas por onde ela passou. Moda. Roupas que usou nas premiações. Propagandas de viagem, cartões de crédito, chicletes, academias e desodorante. "É o que uso por 24 horas." Ela tem dois cachorros. Adotados. Foram encontrados no depósito de uma fábrica abandonada em Sergipe. Fizeram campanha. 35 504 compartilhamentos. Amanda decidiu ficar com os dois. Ela escreveu dois livros e dois roteiros para televisão. Cinco dramas com recordes de audiência. Dirigiu um documentário sobre o tráfico de mulheres brasileiras para a Europa, passou em festivais e agora dá para assistir em *streaming*. Conduziu muito bem os relatos pesados e angustiantes de sobreviventes que conseguiram fugir. Lembro-me de uma sequência em que Amanda deixa a câmera ligada de frente para uma das vítimas. A entrevistada chora e diz que viveu um mês de pesadelo durante o cárcere em uma casa na Áustria. Aquilo me pegou de jeito. Fiquei fascinado.

Amanda Rivera, Amanda Rivera, Amanda Rivera, Amanda Rivera, Amanda Rivera, Amanda Rivera, Amanda Rivera, Amanda Rivera, Amanda Rivera, Amanda Rivera, Amanda Rivera, Amanda Rivera.

Foi um pedido da roteirista para Amanda protagonizar o longa. O diretor esperneou. Exigiu outra atriz. Disse que Amanda não era qualificada. Seria perda de tempo. Ameaçaram demiti-lo e ele recuou. Não sei se é verdade. O assistente de produção apenas vive de escutar boatos.

Um documentário: *The Act of Killing*.

DIA 16, DOMINGO

Filme sem legenda: *Oh, God. Fuck. Fuck. Fuck. So big.*
Almoçar pornô aos domingos.

DIA 15, SEGUNDA-FEIRA

Queria morrer em Itacaré. Fui pra lá com a Anabella. Foi
lindo. As recordações vêm sempre com ela do meu lado.
Quero novas memórias. Lembranças só minhas. Apenas
comigo mesmo. Queria morrer em Itacaré, mas tenho que
pagar o aluguel de um apê na Consolação.

Um livro que acabei de ler: *História da Morte no Ociden-
te*, de Philippe Ariès. Antigamente, morrer exigia plateia.

DIA 16, TERÇA-FEIRA

Acordei com as costas doloridas. Deve ser o estrado da
cama do hotel.

Desejos: Enterrar um corpo com os Coen, jogar boliche
com Lebowski, sair para matar na madrugada com Anton
Chigurh.

DIA 17, QUINTA-FEIRA

Quer ser reconhecido? Faça papel de louco. O diretor não
apareceu no *set*. Ligaram e não atendia. Fiquei meia hora
batendo na porta do quarto dele. Nem um sinal ou grito.
A equipe ficou preocupada, mas informaram que não há
necessidade de alarde. Disseram ser um dos fatores de sua

excentricidade. Amanda ficou encostada na parede de uma enorme estrutura montada para ser a cena da ponte. No roteiro ela tenta se matar, mas é impedida pelo bombeiro recém-viúvo da cidade. Eu sei, já vi este *plot* em algum filme, mas apenas escuto e faço os meus trampos. Agora assistir ao longa. Bom, é uma outra história.

Desejos: Cozinhar para John Huston. Cortar as unhas de Pasolini. Reformar um cinema junto de Béla Tarr.

DIA 19, SÁBADO

Filme com muitas falas não tem muito a mostrar. Um bom filme tem que dialogar com a imagem. Amanda me pediu uma lista de longas para colocar em dia os clássicos do cinema, foi assim que ela disse. Queria nascer nos anos dourados da sétima arte. O desejo pelo passado está sempre no presente. Nunca no futuro. Vida arregalada, logo ela veio a mim pedir sugestões cinematográficas. Fiquei com cara de projeção, babando luz em uma sala escura. Um estado tão vibrante, satisfação e ao mesmo tempo me fez coçar o nariz sem parar. Alergia psicológica. Intimidação velada com tremelicar de ranhos. Uma lista tem que ser feita de modo que agrade a ambos: quem a crie e quem a recebe. Caso falhe um ou outro, as indicações são rasgadas e nunca mais você será solicitado a coisa nenhuma. Pode parecer uma falta de bravura ou insegurança. Como vou saber? Tão recente o pedido. O que é clássico hoje em dia? Um filme antigo e ruim, mas que a técnica seja inovadora, pode entrar na lista? Qual o tempo de um filme se tornar clássico? Será que *Matrix* já é? Foi um marco dos efeitos especiais. Talvez.

E a segunda trilogia de *Star Wars*? Péssima por sinal. Tem direito a ser clássica ou só a primeira dos anos de 1970-80 pode ser chamada de clássica? Um filme para ser clássico precisa vencer prêmios? *Psicose* nem foi indicado ao Oscar de Melhor Filme. O Oscar é termômetro para bons filmes? Preciso ir pela crítica ou bilheteria? Faço a lista e pronto. Os meus gostos. Anoto vinte títulos. Melhor trinta. Os cinquenta melhores. Não, começar com pouco é bom. Caso ela já tenha visto alguns é só colocar um *check* do lado. Pedirá mais. Quem sabe sugerir para assistirmos juntos e debater após. No sofá. Mas sofá fica longe para ver o filme da tela do *notebook*. Eu alugo. Hoje em dia é tão difícil achar uma locadora. Impossível. Fazer uma lista com filmes só do catálogo da Netflix é muito clichê. Amanda vai perceber que meu amor por cinema é apenas um *hype*. Rirá na minha cara. Putz, então é isto? Quais os meus cinco filmes favoritos? Difícil. Se coloco só americanos, vai parecer mais do mesmo. Puxa-saco de ianque. Nesta mistura preciso botar uns europeus, orientais e sul-americanos. Soa algo novo e ela amará. Cinéfilo cosmopolita.

Filme sobre lista: *Alta Fidelidade*.

DIA 21, TERÇA-FEIRA

Amanda desistiu do cinema de hoje. Descobriram que ela está na cidade. Há muita gente na porta do hotel. Ela preferiu passar o dia no quarto. Pensei em pegar uma sessão sozinho. Relembrar os filmes que via na cidade onde nasci. Conversar internamente sobre o que achei do filme. Amava a matinê, primeira sessão do dia. A sala de exibição praticamente vazia. Só para mim.

Pensamento aleatório: Brancaleone é o meu Dom Quixote.

DIA 22, QUARTA-FEIRA

A fronha empapada de suor. O ar-condicionado quebrou. A janela do quarto é travada. Passei a tarde no *shopping*, na praça de alimentação, onde o ar-condicionado funciona muito bem. Ninguém gosta de almoçar suado.

Desejos: Viajar no tempo com Adélia Sampaio. Carregar o quimono de Akira Kurosawa. Colher corticeiras junto de Lucrecia Martel.

DIA 23, QUINTA-FEIRA

O diretor tentou se suicidar. Enforcamento. Só que a corda arrebentou, não aguentou o peso. Encontraram ele inconsciente no chão do quarto do hotel. Carolina avisou: está em coma. A produção foi interrompida. Saímos do *set* mais cedo. A *van* estava vazia e não vi Amanda hoje. Senti um pouco de saudade. Tá certo, muita saudade. Eu gosto de me dar desafios quando estou sozinho. Pergunto e respondo de acordo com a rapidez da memória. De quem é o tema de *Star Wars*? Esta é fácil. Pra começar, John Williams. Quem ganhou o Oscar de direção em 1973? Pegadinha das boas, o grande Bob Fosse, por *Cabaret*. A maioria diz que foi Coppola, por *O Poderoso Chefão*. Não. Ele só venceu por a Parte II. Merecido, pois é muito bem dirigida. As alternâncias de épocas eram impecáveis. Um jovem Don Corleone na persona de Robert De Niro, marcante. Pacino mais à vontade no papel de Michael. Cada vez mais insano. Dava medo. Aquela sequência da morte do irmão me deixa até hoje em choque. John Cazale, ator que foi embora cedo. Recordo da cena, Fredo contando uma história dentro do barquinho e pá, tiro na nuca. Troca para o plano de longe do Michael abaixando a cabeça ao escutar o disparo. *I know it was you, Fredo*. E não para por aí. Quando estamos extasiados com a morte do Fredo, chega um dos melhores finais do cinema. O recorte no passado da família. Os irmãos na mesa da sala da mansão em diálogos que notamos um pouquinho de como era o convívio entre eles. Uma cena que parece um ato de uma peça. A briga entre o temperamental Sonny. Notamos um introspectivo Michael anunciando ter se alistado no exército. Connie conhece o seu futuro marido. Tom querendo ser da família, mas encontrando um limite por não ser italiano. Todos ali, à espera do pai, ou padrinho, para uma surpresa de aniversário. Vai ter um final assim lá na Sicília. Brilhante.

Desejos: Comer espaguete com Scorsese. Bebericar um vinho raro da vinícola do Coppola. Achar graça no pudim servido por uma tartaruga no jardim do fundo do quintal de Wenders.

DIA 26, DOMINGO

Produção ainda suspensa. Maratonar Lumet ou Kar-wai?

Dei play em *Duro de Matar*.

DIA 27, SEGUNDA-FEIRA

"Então a gente pode trazer um bom pedaço de corda", Amanda me disse hoje esta frase no almoço. Não era dela, é do Beckett. *Esperando Godot.* Caso o diretor não se recupere, todos aqui terão que comprar a sua própria corda. Vamos todos nos enforcar. Preciso colocar *Godot* no caderno de futuras leituras. Ela disse que dirigiu a peça na escola. Uma adaptação que se passava em uma realidade virtual. Com extraterrestes. Um tanto curioso. Hoje Amanda cortou a batata frita e molhou no *ketchup*. Fiz exatamente igual. Eu gostei. Na conversa, ela me perguntou qual trilha sonora eu mais gostava. Eu não entendo, porque sempre quando ela me faz perguntas a mente freia. Não avança para encontrar a resposta? Trago as que escutei recentemente. Falei assim. Jonny Greenwood e Alexander Desplat. A de *There Will Be Blood* é matadora. Vai de um crescente sem perceber. Que descrição vazia. Os ouvidos pedem socorro. Brega. Quando eu ia falar sobre Desplat e seu desempenho em *O Grande Hotel Budapeste*, a assistente dela nos interrompeu. Amanda tinha que ir para uma coletiva. Falar do motivo da produção parada. Me avisou para continuarmos depois. Espero que ela se lembre. Saiu e ainda deixou algumas batatas boiando no *ketchup*. Eu as comi. Pensando melhor, como pude me esquecer dos italianos? Caramba, logo Morricone e Rota. Os maestros inesquecíveis. Na certa citaria a de *Amarcord*.

Um filme para escutar: *Stop Making Sense.*

DIA 28, TERÇA-FEIRA

Filmes merdas que gosto: *O Sombra, Sabrina, Satyricon, Pânico, Máquina Mortífera* e todos do Nicolas Cage.

Desejos: Pegar uma sessão de terror B com Jordan Peele. Pisar em calçadas tortas com Wes Anderson. Tomar um *drink* num bar na Augusta com Luís Sérgio Person.

DIA 29, QUARTA-FEIRA

A água da torneira do banheiro do quarto tem gosto do óleo escorrido do pastel da feira de Santa Cecília.

Desejos: Conversar em português com Park Chanwook. Ensinar truco para John Carpenter. Mostrar a minha *list* no Spotify para o Gaspar Noé.

DIA 32, SÁBADO

Filmagens ainda suspensas. A produção avisou que o diretor está respirando sem aparelhos. Fui conhecer a piscina do hotel. Gostei muito mais da sauna. Ali bati a punheta do dia.

Um filme tesão: *Carne Trêmula.*

DIA 33, DOMINGO

André Bazin escreveu: "A morte é a vitória do tempo". Caminhei pelo *set*. Ainda era muito cedo, nem o sol apareceu. Choveu demais na madrugada. A preocupação da produção foi porque os cenários haviam sido pintados na noite anterior. Paredes molhadas, cores borradas. Estava sozinho. Os cenários são enormes. Tiveram que vir em catorze caminhões. A sequência de perseguição de carros seria rodada hoje, mas com o diretor em coma decidiram cancelar. As diárias do aluguel dos carros se acumulam. Nada de reação ou retorno das atividades de filmagens. Andei por um *set* fantasma.

Perseguição de carros nunca me empolgou. Um corte sobre outro. Câmera frenética e muitas vezes tremidas. Intermináveis carros batendo. Explosões. Não me motiva. Troco todas essas merdas por musicais. Amanda concordou comigo. Do lado de fora do *set* fumamos e conversamos sobre musicais. Paramos numa sombra, debaixo da mangueira. Amanda gosta de fumar filtro vermelho. A agente dela fica irritada com a quantidade de maços por dia. Dois e meio. Os dentes ficarão amarelados e os dedos com crostas de pus.

Its showtime, folks. Amanda ama *All That Jazz*. É o melhor do Fosse. Eu ainda prefiro *Lenny*, mas *All That Jazz* é genial. Eu queria me despedir do mundo cantando *Bye Bye Love*. Ela já prefere morrer ao som *Sweet Transvestite*, de *The Rock Horror Picture Show,* no volume máximo. Vai botar a família toda pra correr. Ou quem sabe eles dançam loucamente. Eu prefiro *Science Fiction, Double Feature*. A tela preta e apenas uma boca com batom vermelho forte aparece. Sensualiza. "Science fiction, double feature Doctor x will build a creature". 1975, o cinema antes de nós.

Desejos: Cafuné em Fellini. Contar moedas com Glauber Rocha. Filosofar no campo de centeio com Terrence Malick.

DIA 35, TERÇA-FEIRA

Cinema é refúgio. Casulo. Caixa de ilusão e liberdade. A melhor coisa de ser assistente de produção é não participar de coletiva de imprensa. De duas em duas horas, a equipe da produção emitia nota sobre a situação médica do diretor. Convidei a Amanda para um café. Precisava sair daquela zona de loucura do *set*. Ela disse que também necessitava ir para um novo ambiente. Um corre-corre pelos corredores. Papelada derrubada no chão. Prontuário e pranchetas de mãos em mãos. Eu não quero participar disso. Passei no seu andar para irmos juntos. A imprensa e suas *vans* estavam na porta principal. Saímos. Mesmo com um calor de mais de trinta graus, Amanda foi para a rua com um cachecol enrolado no rosto. Óculos escuros. Caminhava olhando para os lados, segundo a segundo. Me sentia em uma cena de *Nothing Hill*. O café durou cinco minutos. Ela foi reconhecida e pulamos dentro de um táxi parado próximo à cafeteria. Amanda é livre apenas em seus filmes.

Um filme para morar: *Feios, Sujos e Malvados*.

DIA 39, SEGUNDA-FEIRA

O filme *Amelie Poulain* é tao *boring*. As pessoas só o citam quando falam de cinema francês. Aquelas cores emulando Almodóvar não pegaram bem. Protagonista típica de ter um coração bom. Nos dias de hoje, isso é impossível. Aconteceu um apagão no pensamento do cinema francês? Procurei na Netflix os clássicos. Há inclusive uma seção para esta categoria. Nada! Onde está a maioria dos filmes do

Truffaut, Godard e Melville? Hoje à tarde não teve produção. Coloquei *Amelie Poulain* para assistir com a Amanda.

DIA 45, TERÇA-FEIRA

O cinema é casa em destruição. É pecado, sujo, cínico, cinza e cheio de poeira. Eu não assisto a um filme querendo sair bem. Se não me incomoda, não é bom. Me esfole como Haneke, Chan-wook, Pasolini, Bigelow ou Cláudio Assis. Lynch disse que filmes pacíficos de nada interessam. Quero a orgia. O tratamento masoquista. Meia-calça rasgada. Ponta do salto agulha nos olhos. Quero um filme de derrubar soldados. Matar o presidente com foice. Cachoeiras de sangue. Um bom cinema submerso em rio com piranhas famintas. Tapa na cara de velhos. O filme que ainda não foi filmado por ser violento demais. Vou dirigir o longa de vomitar a bile. Aquele de iniciar uma guerra. De mostrar as pelancas. Nojento. Repulsivo. Imundo. Desagradável.

Nota: Ainda vou cagar nestes rolos de filmes.

DIA 55, QUARTA-FEIRA

O suspense é aquela dorzinha de agulha. A primeira picada você aguenta. Mas se for toda hora, aquilo se transforma em agonia. Um bom suspense é aquele que não se precipita. Não tropeça em pedras para, às pressas, mostrar o seu vilão. O maior monstro? Hannibal Lecter. Demme preparou o terreno. O importante em seu filme não é o Lecter e sim a trajetória de Clarice. Seu treinamento e embate no ambiente cheio de homens. Quem encara o monstro? Ela é apresentada a Hannibal lá para o meio do longa. Seguimos Clarice pelo corredor cinza de tijolos rústicos. Os dois se conhecem e apenas uma parede de vidro os separa. A câmera fecha nele. Você já imagina que é a pessoa mais asquerosa da Terra, mas ele vem de manso. Sorridente, malicioso e calmo. Quase o queremos levar para casa. Como assim, este cara é um canibal? Mas isto é que é um belo suspense. Te abaixa a expectativa. Incomoda. Você começa a ter empatia com um criminoso. Mas este é que é o suspense. Até que ponto somos questionados a ter um psicótico como conselheiro? Como ajuda. Este canibal ainda vai te devorar.

Hitchcock não é mestre do suspense à toa. Este soube trabalhar com a expectativa. Lembro da sequência de *Os Pássaros*. Tippi Hendren senta-se no banco de um parque. O diretor amplia o plano para mostrar que ela está em um ambiente aberto. Ao ar livre. Primeiro ponto do suspense. Vulnerável, a personagem espera o término da aula, em uma escola ao lado. Não há música. Apenas os sons das crianças cantando. Segundo ponto do suspense, na sequência haverá criança, e criança em perigo é apavorante. Ainda temos Hendren sentada no banco da praça. Ela acende um cigarro. E no *playground*, às suas costas, começa a chegar um pássaro por vez. Terceiro ponto do suspense. A montagem corta diversas vezes para o rosto da personagem em alternância com as grades do playground. No último plano, o brinquedo está cheio de pássaros. Hitchcock não é amador. Se fosse um diretor afobado já faria um pássaro atacando Hendren. Mas isto é tão clichê e destrói o suspense. Não antecipa o pavor. Hitchcock não trabalha com o terror ou horror. Ele é do suspense. Queremos expectativa e o mestre nos dá.

Pouco a pouco ficamos impressionados com a quantidade de pássaros. Nosso medo está sentado no banco da praça junto com Hendren. As crianças ainda cantam. Um chamativo para o ataque dos pássaros.

Um lugar assustador: A casa da família Drayton.

DIA 56, QUINTA-FEIRA

Suspenderam definitivamente as filmagens. O diretor ainda não saiu do coma. Os produtores executivos cancelaram as atividades e, com isso, o financiamento. Meu primeiro trabalho em um filme que jamais será lançado. É estranho. Amanda veio se despedir no café da manhã. Gostou de nossas conversas. Prometeu nos encontrarmos para mais sessões. Ela está de partida para o Canadá. Estão em pré-produção de uma série sobre viagem no tempo e vai ter teste de elenco. Entreguei a lista de clássicos que ela havia me pedido.

Os cenários em ruínas. Aos poucos a equipe e elenco foram fazendo os *check-outs*. A produção e assistência de produção são os últimos a irem embora. As pendências ou burocracias das filmagens. Amanda saiu do hotel às 16h34min, ia de Uber até o aeroporto. Malas prontas. No *hall* ela postou a foto se despedindo da cidade e mandando *#boasvibrações* e *#melhoras* ao diretor. Gravou alguns *stories* no Instagram avisando *#partiuCanada*. Ao entrar no carro, Amanda me mandou um até breve e foi embora. Seria tão bonito se o nosso final fosse uma despedida à lá os filmes da Nora Ephron. Podia pegar um carro e ir até o aeroporto. Gritar por seu nome e me ajoelhar. Flores. Devia ter comprado flores no dia anterior. Quem você pensa que é? Um velho da década de 1930? Não. Bombons? Longe disso. Declarações via carta? Acorde para o século XXI. E o que faria? Porra nenhuma. Assim que tem que ser. A vida é desanimadora. Daria até um filme.

Road movie: Bye Bye, Brasil

DIA 105, SÁBADO

O cinema sai para jantar? Filmes saem para dançar? Uma valsa em piso de taco ao lado de James Stewart. O Caio tinha razão, o veneno dá enorme azia. Não quis morrer dentro do apartamento, esticado na cama ou com a cara no piso da cozinha. Nem pelado. Coloquei a bermuda e camiseta preta e fui caminhar no Minhocão. Era fim de tarde, o pôr do sol fica bonito atrás dos prédios da Santa Cecília. Ainda há gente correndo e passeando com os cachorros. Essa dor de estômago está forte, mas ainda respiro. Gostei de escrever um diário. Daria um livro. Literatura: rolo compressor do cinema. Olhei para o canteiro central e havia uma moça lendo uma cartonera do Miró da Muribeca. *O Penúltimo Olhar Sobre as Coisas*. Fiquei feliz que estão lendo o poeta por aqui. Devia ter sido escritor. Cinema não foi o certo para mim. Sentei ao lado da moça. Puxei assunto sobre o Miró e seus escritos. Ela recitou dois versos. Foi bonito. Uma pena, em meia hora vou morrer sufocado e todo vomitado ao lado dela.

Send.

Terra Incógnita

Escrever é solo infértil. Terra incógnita. A tela branca do computador nunca foi tão intimidadora como agora. Ela é fúnebre. Imensidão desértica. Joga poeira nos olhos. Coça. Caçoa. Sangra sem sair uma gota de ideia. O prazo no talo. O *post-it* amarelo colado na beira do monitor me pressiona. O aviso de entrega. A data cortada a lápis com barras diagonais indica o desmoronamento da carreira. Onde está o enredo afetivo e vero para filmarmos? O lampejo, o desbravamento, a revelação, o resultado, uma saída, *Deus Ex Machina* que abençoe, resultado que seja, desenredo, destrinchar o plano do protagonista, desnudar o segredo de antepassados do vilão, o remédio errado, o remédio certeiro. Decifração. O enigma que falta. Aquela peça de quebra-cabeça como encalço entre o crânio e o cérebro. A tela ainda branca. Sem um toque no teclado. A produtora me ligando, o diretor me mandando *e-mail*. E nada do roteiro engrenar.

Cheguei ao ponto da ignorância? O homem de letras gordas, néscio. Mula ruça fincando o olhar na tela branca, achando ser uma parede que projetará o filme completo. A sessão privilegiada de um pedante, charlatão. Irão rir de mim no escritório da produtora. Não sabe escrever mais nada. Fracassou. Contratarão em meu lugar aquele americano. O americano. Ainda jovem, menos de quarenta anos. Com cinco peças escritas, elogiadas pela crítica. Lotou teatros dentro e fora de Nova York. Apresentou-se até no Afeganistão. O *plot*: Um soldado que volta da guerra sem as pernas. Decide matar a família e se tornar *serial killer*. Conhecido como "O assassino que flutua". Foi capturado pelo detetive protagonista escorregando na poça de sangue de uma das vítimas. Gargalhava. Cantava em árabe. A polícia teve de arrastá-lo até a viatura pelos restos de pernas que ainda lhe restavam. James Mcavoy interpretou muito bem o personagem em três temporadas. Surtado. Foi indicado ao Tony. Os direitos já foram comprados para uma adaptação aos cinemas. Sairá no verão do ano que vem. Vai fazer dinheiro. O sorrisão do americano não negava. Que genialidade. Se esta tela continuar branca, eu é que me tornarei um *serial killer*. Está na moda. Já posso ter um apelido: O assassino sem ideia. Aquele vivendo numa bruma impenetrável. É isso, farei dos assassinatos as minhas cenas. Quadro a quadro. Cada vítima, uma sequência. A carnificina a ser escrita. Todo roteirista tem um pouco de *serial killer*.

Quer filmar o seu roteiro? Primeiro terá de ceder às várias mudanças na trama. Os produtores adoram usar canetas vermelhas enquanto leem o seu trabalho. Corta isto, corta esta fala. Não vai ter explosão nesta página? Dá para juntar estes três personagens em um só. Troque este búfalo por um porco. Sabe quanto é a diária de um búfalo? Não precisa filmar em Natal, temos uma casa em Ubatuba. Mas e as dunas? Fazemos digitalizadas. Os produtores desconstroem as suas ideias. Mandam em seus planos. Passam o risco vermelho nas suas criatividades. Os produtores amam cortar despesas e bons filmes.

O roteiro é técnico, mas o tempo de escrevê-lo é literário. O estado alucinógeno de se debater nas trevas da demência. Fazer desatinos. Provar que as letras evocam o movimento da cena. As palavras transfiguram a animação. A ação se evola. Sem os tropeços dos passos. É fazer de tudo para o espectador não ver o resultado da trama. Não saber o *twist*. Escrever é entrar no trem-fantasma de um parque de diversões desativado. Tudo desligado. Sabotando o público. As palavras sozinhas no trilho sombrio e frio. Agasalhando um susto.

No apartamento nada muda, evapora ou se cria. Uma sala de tapete barato empoeirado. *Puffs* negociados em antiquários encontram-se ao redor. Dois da cor marrom, um azul-marinho. Também cobertos de pó. Uma mesa bamba, cadeiras de plásticos brancas sujas nos pés. A cozinha de louças empilhadas há dias. Canecas com borras de café e panelas oleosas e resquícios de miojos crus. O micro-ondas quebrou. A cafeteira elétrica cheia de formigas. O latão de lixo implorando limpeza, despejando as folhas de rascunhos dos roteiros antigos. O *notebook* ainda reflete a tela branca. Decidi não sair de frente até escrever uma frase. Uma cena. Um diálogo. Não saio. Nem tirarei a bunda da cadeira plástica. As costas podem doer o quanto for, não salto daqui. Está me ouvindo, jovem americano. Este roteiro é meu. Só eu posso escrevê-lo. É só dar tempo. Assunção. Alvitrar. Aventar. Aventurar uma sugestão. Engenhar. Engendrar. A estética do cinema é o amor pela imagem. Ousar a reprodução. Nada tão real e nada tão surreal. Li de um poeta: "Dizem que o amor desmonta tudo por dentro, só para depois montar de outro jeito". Vou colocar na boca do meu personagem. Decifra essa, ianque.

Há quanto tempo não vou ao médico. Este bloqueio. Falta de ideia. Deve ser doença. Degeneração do cérebro. De tanto usar, gastou-se. Está seco. Incerto. Desorientado. Sem latência. Babão. Um neurônio burro entrou nas ideias e contaminou a todos. Socorro. Só pode ser isso. A burrice é contagiosa. Eles têm razão. Eu tenho razão. Tenho? Ficar com o cérebro flutuando dentro de uma sala toda revestida de cor branca. Impenetrável. Escalpado do outro lado do cômodo. Sentindo o sangue escorrer na pele do rosto. Eu me sinto desse jeito, não compreender um gosto no longo menu da metáfora. Figura de linguagem. Professora Carmen havia me ensinado na sexta série. Disto eu me recordo. A parte pelo todo? Metonímia. Metáfora? Dar às palavras um sentido translato. Anos depois, culpar a metáfora pelos furos de roteiros. Isto flui e ajuda a escapar das entrevistas. Eu amava a palavra "paradoxo". Ambígua até na pronúncia.

Comece uma história com foco no protagonista. Não perca tempo e escrita detalhando o ambiente ou explicando o que está acontecendo, afinal escreva imagens e não palavras. Não faça a trama fervilhar em banho-maria, mate a pessoa mais próxima da história na segunda cena. Anote: cinema é desenho, ícone, símbolo, personificação da ideia, quadro, cor, modelo e aspecto visual sem necessitar explicar. Evite diálogos expositivos. O olhar ou gesto do personagem dizem muito sobre a trama. Ponto de apoio dramático. Exemplos: O sorriso de Norman Bates no final de *Psicose*. Todas as expressões de Corinne Marchand em

Cléo das 5 às 7. O psicodélico plano final de *Laranja Mecânica,* aquela sequência diz perfeitamente o que esconde a mente doentia de Alex. Não espere o clímax para entregar o desfecho. Não entendeu? Coloque rebeldia estética na trama. A cena pode estar em movimento, pegando fogo, em êxtase. Coloque no meio uma obra do Expressionismo, uma dança, um cantor desafinado, um desfile. Se vira. Irão dizer que é arte. Porém, cuidado com paródias. Se nada der certo na história. Invente algo aperfeiçoado no seu protagonista: Acordou de um coma. Estava drogado. Delirante. Desmaiado. Ou de que tudo não passou de imaginação ou de um realismo fantástico.

O álcool já não me faz mais efeito. Beba e escreva. Na ressaca você ajusta. Escrevo de terno. Gosto de fechar o colarinho. Passar a gravata vermelha. Quase me enforcar no nó. A pressão no pescoço tem algum intuito de deixar a mente transbordando de sangue. Ferro batendo na cuca. Dando choque nos neurônios. Sufocar o propósito. Gonçalo me disse na cama, aonde você pensa que vai de terno às três da madrugada? Escrever. Mas você nunca escreveu à rigor. Ele tinha razão.

Este apartamento não ajuda. Minhas costas doem. Uma bigorna invisível pressiona-as. Culpa da barriga enorme que foi crescendo enquanto escrevia. Uma borda de gordura em cima das pernas. Minha sombra costumava ser magra. Hoje, mais parece uma rocha a esconder três pessoas. Está vendo, quis comer o mundo. Gonçalo novamente.

Levanto, encosto as costas na parede. Espreguiço. De ficar na ponta dos pés. Relaxa. Estala tudo. Ereto é que se enxerga mais longe. Se estiver bloqueado, saia de onde estiver e vai dar umas bandas. Esqueça aquela ideia. Ou nenhuma ideia. Ela retornará e trará mais ideias para a sua companhia. Ideias amarelas escritas às pressas com lápis e inelegíveis no *post-it*, também amarelo. A cerveja tem um sabor amarelo. Grude as ideias na tela do computador. Tente. Amarelar as ideias. Expressão um tanto confiante? Um amigo me disse, se estiver travado, leve sua ideia para o bar. Ou desista se ela não for de beber.

As escadas do meu prédio estão desiguais. Desalinhadas. Capaz de alguém descer e se machucar. Foda-se, tomarei eu cuidado. As paletas das paredes desconexas. O amarelo entrelaçado com laranja faz o corredor da saída, antes sombrio, uma vastidão divertida. Caminho pelo corredor. A visão cega com tanta luz. Cores. O funesto arco-íris. Preciso parar. Esfregar as pálpebras. Retomar o ar. Uma mão sai da parede. Assusto-me. Em seguida o braço. Em choque, paralisado, não compreendo a situação. A mão se aproxima. Quer me tocar. Ela tem cor laranja. Aperta o meu ombro. Alisa minha pele. Me puxa para perto. Acaricia o meu rosto. A mão áspera, fria, aconchegante. Rígida como uma boa parede tem que ser. Massageia minhas costas. Sabe de onde a dor se inicia. Apelidei aquele braço de Colosso. Minha mãe tinha mãos assim. Mãos de mexer com sabão em pó, sabão em pedra. Cheiro de coco. Mãos secas. Mãos de chapiscos. Pinicava os pelos do meu braço quando me acariciava antes de dormir. Mão de dona de casa sem alternativa. Mãos que advogavam antes do meu nascimento. Mãos de abandonar o cargo, concurso de juíza, para cuidar das minhas mãos. As mãos, parte do corpo que necessitamos para a evolução. Mudança genética milenar. Prática para transformar o desejo em existência. A mão de concreto puxa o meu cabelo. Me quer próximo. A mão laranja saída da parede não incomoda ninguém. Mão de amor. Mão de antecipar o som do tapa. Mão da paixão mais quente dos primeiros meses de namoro. Mão de quem absorve os espíritos malignos em um gélido rio do sul gaúcho. Mão de limpar o vapor e enxergar a beleza no reflexo do espelho. Mão de palhaço no camarim passando a maquiagem de seu último espetáculo. Mãos de esconder rugas. Mãos que limpam os pés dos avôs em sanatórios. Mão que controla o freio do trem antes de chegar na estação. Mão de encostar no batente quente e aveludado da cadeira elétrica. Mão de lutador com Parkinson. Mão de quebrar pescoço de galinha. Mão de poeta a lapidar em sua toca. Mão perdida em produtos tóxicos. Mão do último carinho em Judas. Mão de unhas feitas de um corpo frio jogado no baldio. Mão de tocar pela primeira vez os seios desejados nos anos de colégio. Mão de argila. Mão decepada por causa do cerol da linha da pipa. Mão do primeiro ser vivo a desenhar nas paredes das cavernas no primeiro dia do mundo. Mão que esconde no colchão a joia mais cara do planeta. Mão sabor muçarela. Mão suada a tocar euforicamente o celular à espera de uma resposta da mensagem anterior. Mão do pai a martelar o quadro da família morta. Mão de agricultor antes do tiro na nuca. Mão de mestre seringueiro. Mão que limpa o disco exatamente na faixa da música mais tocada no verão de 1982. A mão do padre quando pega o pau do coroinha. A minha mão trêmula. Formigante. Roxa. Gorda. Apertada entre parede e braço. Mão alaranjada a me pressionar. Tira o ar. Amassa forte. Não deixa o pulmão controlar a respiração. O braço de concreto começa a me matar. Imagino os inúteis labirintos que enfrentei. As fatídicas ideias sem soluções. Morrer é a permissão solitária. O mircroinstante do mistério. Do desconhecido. Além. Sem saber. A mão me traz para dentro de sua parede. Feições diluindo-se na escuridão. Um clarão explode o colorido do corredor. Chamas tomam conta do braço de concreto da parede. Descontrolado. Não me machuquei. Nada me atingiu. Na fumaça acinzentada surge um vulto. Vejo apenas a sua silhueta sombria. O mais difícil naquele corredor é identificar algo real. As paredes chamuscadas. Braço morto. Queimado. Fechando o punho já duro. Murchando em meio ao mundo.

Miro a tela branca do computador. As costas doloridas. Já é noite. Luzes alaranjadas dos postes de ruas faíscam dentro do meu apartamento. Refletem no meu monitor. Não estou no corredor. Acudir a mente. Sensação de fatiga. Dores no estômago. A ânsia queimando meu tronco. Destempero. O nariz escorre sangue. Sinto e identifico quando toca o lábio. Passo a língua, gosto de ferrugem. A cabeça pesada e os olhos retorcidos. Mas consigo trazer para perto da vista as minhas mãos. Vermelhas. Escaldantes. Doloridas, mas sem ferimentos. Qual seria a dor da queda em chão imaginário? Um soco bem dado na cara por uma mão surgida da parede? Quem brinca com o fogo do inconsciente, pode se queimar na realidade? O roteirista cambaleando entre o real e o imaginário. Que ninguém do estúdio saiba do ocorrido. Renegar o já feito é mania de gente insegura. Gonçalo não pode saber. Vai querer me internar. A imaginação engana. Cortesia do absurdo. Uma luz na sala do prédio da frente acendeu. Alguém entrou. Chegou do trabalho. Tira a mochila e a joga no sofá, em seguida o paletó marrom. Cheira as axilas. Faz careta, o odor não deve ser nada bom. Uma pessoa despercebida. Nem presume estar exposta. Um filme real rodando em frente à minha janela. Ele tira a calça jeans vermelha, fica apenas de cueca box branca. Coça a barriga saliente, estica-se, estala os dedos, passa mão no cabelo castanho cacheado e segue para o outro cômodo. Desaparecendo de cena.

Pablo Tentou Ser Super-herói

Pablo tentou ser super-herói. Pediu para a mãe costurar o uniforme. Criou a máscara, protegeu as mãos com luvas de látex e comprou no Mercado Livre os óculos de visão noturna que o *paypal* creditou. Transformou o celular em localizador e roubou o revólver do padrasto. Pablo avisou que ia comprar *pizza*. Juntou as roupas e equipamentos, colocou na mochila. Desceu no térreo. Trocou-se no vestiário da piscina do condomínio. Pulou o muro, Pablo sabia o ponto-cego do sistema de segurança de onde morava. A queda não foi clássica. Enrolou-se na grama do terreno do vizinho. Levantou-se, bateu a mão no joelho. Limpou a terra, amarrou o cadarço do tênis e ajeitou o cinto. Pablo estava pronto para combater o crime.

Qual será o tamanho do pau do Hulk? Pablo gostava de participar de fóruns nas redes sociais para discutir e debochar do universo *geek*. Grupos com mais de trezentos mil inscritos. Pablo se informava das novidades da nona arte na plataforma virtual. Perguntas e enquetes eram frequentes: Qual Batman foi o melhor do cinema? Michael Keaton? Cristian Bale? Capitã Marvel é melhor que Mulher Maravilha? Thanos é mais poderoso? Wolverine é mesmo imortal? Se sim, qual a sua idade? Magneto levanta uma hidrelétrica?

Para que serve o macaco dos Supergêmeos? Alan Moore ou Frank Miller? Watchmen é uma obra-prima? Os novos 52 ou Guerra Civil? Marvel ou DC? A armadura do Homem de Ferro tem saída para a urina?

O nosso herói caminhou até o ponto de ônibus. Sentado na sarjeta, Pablo aguardava. Mas o crime não espera. Ele decidiu ir a pé até o centro. Lá tem prédios altos, do terraço pode observar o movimento das ruas, chegar de surpresa, lutar com bandidos e salvar a sociedade. No caminho, Pablo sentiu dores nos calcanhares. A sola já gasta do tênis não ajudava a sua agilidade. Reconhecia ser rápido. O seu professor de educação física o tinha escalado para a maratona dos jogos interestaduais. Ainda se lembra de ficar com o segundo lugar. Perdeu para Henrique, da escola rival. Pablo jurou pedir revanche, mas isto fica para um próximo volume.

Na tocaia, o nosso grande super-herói observava a movimentação do posto de conveniência aos arredores de sua escola. Lá encostavam carros com bêbados e cheiradores. Um enorme problema à nossa vida urbana. Pablo não gostava dessas atitudes. Voltava da escola e via no posto os frequentadores do lugar enchendo a cara e montando as suas carreiras. Aquilo não era bom exemplo. Sentia nojo. Almejava combater aquela indecência. Nosso herói abalado, mas jamais desanimado, decidiu: esses malandros receberão uma boa lição.

Pablo! Pablo! Você vai perder a primeira aula. Desliga agora a televisão. Não, mãe, já está no final. Espera só mais um pouco. Que esperar, nada. Você já viu esse filme umas cem vezes. Pablo xingou. Jogou o copo com o resto de leite no chão e deu *stop* no DVD. A sua mãe não o deixa em paz. Estava na hora da batalha de Nova York. Calma, herói. Um bom combatente tem que exercitar o cérebro. Pablo tirou o disco e guardou no seu porta CDs com a logo dos *Avengers*. Foi ao banheiro. Escovou os dentes e lavou o rosto. Como seriam as manhãs de um super-herói? Super-herói tem mãe? Super-herói caga pela manhã? Questionamentos esquecidos quando cuspia a pasta na pia. Colocava a roupa da escola, pegava o Toddynho na geladeira e descia as escadas pulando dois degraus por vez. Soltava os braços. Fazia a pose de Superman. Voava. Pousava. Voava. Pousava. Pablo, enfim, passados os cento e cinquenta degraus, saiu do condomínio e entrou na *van* rumo à escola.

Pablo encostou na parte escura da parede do posto. Esgueirando-se, caminhou devagarzinho até o estacionamento. Escondeu-se perto do para-choque de um Ônix metálico. Sacou o revólver e se levantou de frente para os criminosos. Nosso herói mandou todos ficarem parados. Sentia o joelho da perna esquerda tremer. Era o seu primeiro embate contra o mal. Mas o que é o mal para o nosso herói? Como transformar o bem para uma causa positiva à sociedade? A arma é a segurança ideal no combate ao crime? Faculdade para um herói. As pernas de Pablo começaram a tremer com mais frequência. Ele queria soltar uma voz de efeito. Ahá! Peguei vocês! Ninguém se mexe! Vim aqui salvar o dia! Mas a adrenalina não deixou. O que o Aquaman fez em seu primeiro dia de heroísmo? A Tempestade usou qual poder da natureza quando encarou o seu algoz? De qualquer forma, combater o crime para eles se tornou rotina. Pablo precisava de um plano. Todo herói precisa ter um plano.

Com um revólver apontado, os bandidos não falaram e não se movimentaram. Pablo estava com o controle da situação. Que porra é essa? Um palhaço? Um dos delinquentes quebrou o silêncio. Deve ser o superbabaca. Os outros riram. Pablo não perdoa. Apertou o gatilho. Mas a arma não estava engatilhada. Nosso herói vacilou e tomou um tapa na cara do malfeitor. Caiu no asfalto e recebeu chutes. Soltava sangue. Perdeu o molar. Quebrou o maxilar. Mordeu a língua em cinco lugares. Engoliu o próprio sangue.

Pablo ficou duas semanas no hospital. Acharam-no inconsciente no estacionamento do posto de gasolina. Pobre herói. Rasgaram o uniforme que sua mãe havia costurado. Jornais ironizaram com manchetes sensacionalista. Precisamos de super-herói? Era só o que faltava neste país: um herói mascarado. A mãe no corredor da uti pegou a máscara do filho. Amassou, jurou vingança, mas Pablo a advertiu. Nenhum super-herói trabalha por vingança. Batman não faz isso. Mas Batman não existe, Pablo. Um mês para se recuperar, nosso herói estava preparado para voltar às ruas. Desta vez, com mais cuidado. Encheu o tecido da roupa de espumas e plástico bolha. Já evita a dor da queda. Pegou o capacete do tio em cima do armário de peças da garagem e leva uma faca guardada na gaveta da cozinha. Pablo sentou na cama, olhou para sua coleção de quadrinhos debaixo do *desktop*. Queria que sua história de herói também ganhasse as páginas. A cada mês um enredo diferente. Perigoso. A aventura urbana. Faria o desejo de outra criança. Seria convidado para sessão de autógrafos de alguma Comic Con pelo mundo. E quando alguém lhe perguntasse quem era ele. Responderia que um herói jamais revela a sua identidade. Mas nosso herói precisa de um feito heroico. Marcante. Admirado pelo país. Um registro fortalecido. O enredo a ser publicado em uma *graphic novel*. Flores seriam espalhadas pelas ruas. O desfile em cima do caminhão de bombeiros. Imagina o Superman aclamado pela população. A pose imponente ilustrada na primeira HQ que ganhou de aniversário. Alex Ross soube exaltar um Deus. Pablo beija a capa da revista em quadrinhos. Pendura-a na estante presa na parede. Não há tristeza em seu semblante. Alcança em seu âmago a esperança. Nosso herói respira o absoluto. Tudo o que pode encher os seus pulmões. O anúncio. Ele estava preparado. Um vento entra pela janela de seu quarto, no nono andar, do Bloco D, do condomínio Metrópoles, sopra a sua face. Levanta as pontas de seu cabelo. Emotivo. A imperceptível lágrima surge. A cena ficaria mais simbólica se estivesse usando a capa. Não pôde. Ela ainda estava na secadora.

Pablo pegou o ônibus. Nosso herói não desiste. Confiante. A defesa contra o mal continua. Colocou a mão no bolso de seu uniforme. Sim, Pablo pediu para a mãe costurar um bolso para o dinheiro do transporte público e o lanche da tarde. Um herói tem que estar sempre bem alimentado. Entrega as moedas para o cobrador. Onde será o baile à fantasia? Pablo passa a roleta, mal-encarado, mal incompreensível. Nosso herói bate no peito, faz sinal de reprovação e responde que seu trabalho não é brincadeira. Ele vai combater o crime. A lei é para todos. O cobrador sarcástico tira o jornal do seu colo, abre na página de política, no centro a foto de um juiz. Imponente. Com gravata azul e terno preto. Mais bem-arrumado que o uniforme de Pablo. Isto sim é herói, garoto. Não, um herói nunca mostra o seu rosto. Age à espreita. Sua defesa está à frente de qualquer face. Pablo se senta. A seu lado uma senhora cega. Ela segura uma medalha. Nosso herói a questiona. Ela o responde indicando que aquela medalha foi de seu marido. Ganhou-a nos cem metros sem barreiras. O melhor tempo continua sendo o dele. Orgulho da família. Pernas longas, fortes. Um passo, pareceria que pulava uma cratera. Treinava para os estaduais. Sonhava alcançar as Olimpíadas. Era bombeiro. Renomado. Foi salvar uma senhora de um incêndio em um dos prédios do centro. Conseguiu tirá-la de dentro dos destroços. Só que uma viga caiu em cima de sua perna direita. Quebrou-as em três partes. A senhora foi resgatada. Meu marido nunca mais correu. Ser herói é vantajoso? Vou emoldurar a medalha. Eu não enxergo mais. No entanto, todos que irão me visitar em casa possam enxergar a sua verdadeira história. O herói no atletismo e não salvando velhinhas.

Pablo aperta o sinal. Desce do ônibus e procura um lugar para defender. O seu território. Será respeitado. Os malvados pensarão dez vezes antes de pisarem no terreno de nosso herói. Ele entra em becos, vielas e prédios abandonados. Salta de uma varanda à outra. Sente a adrenalina. O mesmo frio na barriga do Homem-Aranha? Tira *selfie* do topo do telhado de um cursinho pré-vestibular. Criou um perfil oficial no Instagram. Publica o seu gesto de heroísmo. #superheroi #combatendoocrime #doaltosevetudo #cuidadobandidod #Omalperecera #avante #atoheroico #Instaheroi.

O dia não está produtivo, Pablo caminha pelo centro, mas não encontra um desafio. Algo fora do lugar. Um crime.

A naturalidade da sociedade o assusta. Não há um assalto. Uma agressão. Um fugitivo. Nosso herói senta no banco da praça. Atento. Observa o movimento. O vendedor de churros limpa o seu carrinho. Esquenta o doce de leite e frita a massa. Uma fila grande aguarda para fazer o pedido. A garota de vestido azul passeia com seus dois cachorros, um marrom e outro preto. As cordas das coleiras se enroscam e a garota recebe a ajuda de um rapaz. Alto, de calça *jeans* vermelha. Camisa florida aberta até os peitos. Do outro lado da rua, um senhor arremessa milhos para os pombos. Penas sobrevoam os seus cabelos grisalhos. Ele não se importa. A criança ao seu lado se assusta com o bater de asas. O relógio da igreja marca meio-dia. No mesmo horário havia o intervalo da aula de Química, mas Pablo faltou para lutar contra o mal.

Nosso herói começa a imaginar se ele é o vilão disto tudo. A pessoa que deseja o errado. Que vive apenas à procura do mal. Não dá para ser audacioso todos os dias. Não é sempre que alguém joga um cachorro do quinto andar.

Ladrões em fuga estão em déficit. Bancos assaltados em extinções. Não há um pedido de socorro. Um grito de dor. Combater o mal nem sempre é no embate corpo a corpo. O avô de Pablo lhe disse no sofá da sala quando lia em voz alta os diálogos dos balões da revista em quadrinhos da semana. Ainda pequeno, Pablo escutava deitado no tapete, vestido com a camiseta azul e o símbolo do Superman no peito. Calça verde do Aquaman. E uma máscara de plástico do Donatello. Ele via as figuras e não compreendia as letras dentro dos balões. A missão era dada a seu avô. As tardes de domingo foram dedicadas às leituras das novas edições. Saía com Pablo pela manhã. Comprava pães e parava na banca da rua do seu apartamento. Pegava o jornal e pedia para seu neto escolher um gibi. Pablo gostava das capas mais coloridas. Os super-heróis em posições de ataque. Explosões ao fundo. Os títulos enormes. Bem grafados. Imponentes. A prateleira parecia infinita. Tudo nessa idade tem tamanho imensurável. A banca se tornaria a sua Sala de Justiça, a reunião de mascarados, cada qual com um assunto ou crime para combater. Quando estava em dúvida, seu avô o ajudava. Este vive na selva, tem um tigre de estimação, usa um anel, onde o soco que ele dá nos vilões deixa a marca de caveira. Aqui está um mágico que usa da ilusão para defender a sociedade. Não deixe este cara aqui irado, pois se transforma num monstro verde de derrubar um prédio. Este é o capitão do liberalismo, não aconselho. Tem o amigo da vizinhança com poderes de aranha. Ou talvez você goste deste grupo de mutantes quebrando preconceitos e lutando em favor da igualdade. O pequeno pensava e escolhia a guerreira da Ilha de Themyscira. Os quadrinhos foram encontrando espaços no convívio de Pablo. Preenchiam sua rotina. Onde não encontrava amizade, nos gibis ele a tinha. Entendia os dilemas, as salvações, os perigos e a união. Queria o seu mundo igual. Desejava abraçar um super-herói. Qual seria o cheiro do uniforme do Homem-Formiga? Qual a fibra de tecido utilizada na roupa do Demolidor? Quem voa mais rápido, o Superman ou Shazam? Quem vence uma briga entre Ciclope e Wolverine? O avô de Pablo fazia essas perguntas quando se despedia do neto. Pense nisso e me diz a resposta na semana que vem. Nosso herói passava os dias pensando como é feita a teia do Peter Parker? Por que é só colocar os óculos que o Homem de Aço se camufla na sociedade? Quanto custa a mansão de Bruce Wayne? E se na compra do casarão viria junto a batcaverna? O Coringa ri enquanto toma banho? O Lanterna-Verde brilha no escuro? E o Namor, bebe muita água? Como a Mulher Invisível beija o Dr. Fantástico? A Vampira sai de dia? O Professor x sabe o que vai pensar antes de pensar?

Este ano preciso ler mais quadrinhos. Pablo no banco da praça. Estaria preparado para enfrentar seus inimigos? Uma luta? Ser herói da cidade, Estado, país? Pablo pensou na escola. Em um dia de recreio. Nas rodas de troca de revistas em quadrinhos. Nas notas vermelhas. Mas que consegue recuperar e não ter repetência. O nosso herói retira as luvas. Desenlaça o nó da máscara. Não voa, não luta, nem controla os poderes. Pablo não deu ouvidos a sua mãe. Heróis não existem. Quem precisa de super-herói? Quem irá lhe agradecer pelos serviços prestados? Há lugar para ele neste campo de batalha? Esta fantasia não é uniforme. Existe liberdade em heroísmo? Quem responde pelo ato heroico? Intrigas e crimes acima de seu empenho. Transformar conceitos em fatos. O valor da generosidade sem plateia. E se existir mesmo super-herói? Neste mundo, meu neto, não há defensor que sobreviva. Não devia pensar assim, vovô. Eu cresci, Pablo. Devo pensar assim.

Um poder necessário: Invisibilidade. Nosso herói encontra um beco sem saída. São duas horas da tarde e o crime não descansa. Pablo arranca o uniforme. Os vilões não perdoam. Encontra uma lata de lixo e joga a roupa no fundo. Acende um fósforo e o atira dentro da lata. Qual a porcentagem de homicídios no país? Veste a blusa da escola, casaco cinza e calça jeans. Pablo volta ao ponto de ônibus. Dará tempo de assistir à aula de Física. Quer retomar os livros e os projetos para a Feira de Ciências. Ainda pode disputar o melhor projeto científico do colégio. O seu avô chegará depois de amanhã. Ele quer ler a última edição dos *x-Men*. Recorda a pergunta da semana feita pelo seu avô. Quantos metros o Homem-Elástico alcança? O infinito. Pablo tentou ser super-herói.

Fuligens

Eu gosto de ver rico morrer. É agradável escutar rico pedindo socorro. Assustado. Sem jeito. Nem negociação. O último mérito antes do abate. Percebeu que eles gostam de ficar mais perto do céu? Deve ser medo. Sobrevoando com os seus helicópteros, driblando as nuvens. Sem tráfego. Ninguém na frente. Estão acostumados a não terem um corpo para desviar. Olham do alto para a gente. Enxergam nossos rostos manchados. Sujos. Lá em cima é lugar para poucos. Quando um helicóptero passa, juro, faço uma força, um desejo, para que aquela máquina exploda. Falha. Caia na rua. Estoure um quarteirão. Ferros enfiados no corpo de um magnata. Varando o fígado, coração, pulmões. Manchando o asfalto de sangue. É carne de primeira qualidade. Dizem que rico tem muitos litros de sangue. Vem de herança. Das realezas. Sangues consumidos. Sugados dos empregados. Vermelhas são as mãos dos ricos. Gostam de marcar a cor em nós. Seu produto. Orgulho. Selo de propriedade.

Rico devia ser chamuscado. Cor cinza. A cor predileta. Minha mãe me contava. Mais vale um membro amputado do que o toque de um rico no nosso corpo. Ela nasceu de um estupro. Vovó teve que aguentar a pica do patrão. O cheiro azedo do canalha vindo do almoxarifado exalava no queixo colado em seu nariz. A barba branca roçando o seu pescoço. O terno azul-marinho, desabotoado, fazia-a transpirar mais. Minha avó chorou. Quinze anos trabalhando na casa de seu abusador. Quando minha mãe nasceu, fugiu. Não queria que ele tocasse na criança também. Fizesse carinho. Agrado. Mamãe foi criada no interior. Na região era difícil ver helicóptero girar asas. Vovó deixou parentes na capital. Instalou-se em uma casa na fazenda de um agricultor de cana-de-açúcar. Contabilizou outros quinze anos cortando na raiz o ingrediente principal do doce. Mamãe seguiu o ramo. Raspagem, feridas nos braços, nas pernas. A testa, solo seco e rachado por causa do sol. Uma folha de cana, a quarenta graus, vira uma navalha bem afiada. Eu ainda não era nascido no tempo do facão. O dia inteiro no corte. Já viu o tamanho de uma plantação de cana? Mamãe gostava de observar, no final da tarde, nos últimos fachos que ainda queimavam os dedos dos pés, a vovó chupando o líquido doce do bagaço. Um sabor que gruda os lábios. Dizem que o açúcar é o único ingrediente que faz a pele sorrir. Vovó parecia tocar flauta enquanto saboreava aquela cana-de-açúcar madura.

Como posso lembrar disso agora? Ora, vou mandar tudo à merda? Sou obrigado a elaborar mentalmente algo agradável para esta situação. Os sentidos nos ajudam. As lembranças me fazem sentir novamente o cheiro das queimadas das madrugadas iniciadas nas fazendas das beiradas da Washington Luiz. Araraquara, São Carlos, Brotas, Descalvado, Porto Ferreira, Itirapina. Nem pense em pendurar roupas depois das cinco horas da tarde em Ibaté. O ar não perdoa a temperatura. Fuligens cobriam telhas das casas e fábricas, entupiam calhas, manchavam lençóis, encobriam sarjetas, inundavam bueiros, se penduravam em amoreiras, mangueiras e araucárias. Eu já estava no mundo, dois meses apenas. Mamãe fazia milagres para combater as fumaças. Borrifava água no meu corpo. Deixava ele bem empapado para não grudar as fuligens. Colocava um pano úmido no meu nariz. Respira. Respira. Respira. O ar seco no ambiente. Rinites e bronquites. Até hoje não posso passar perto de uma fogueira que saio por aí espirrando e tossindo sem pausa.

De maio a julho, o clima ficava pior. Terra seca e condenada a se sufocar. Neblina quente desce do céu e pisa nos quintais dos bairros. Um deus-dará de pessoas à procura de lugares para se protegerem. Um trânsito de gente que não dava passagem. Nem para ambulâncias. Aquela fumaça enorme parecia um tanque de guerra vindo em nossa direção. Deixava tudo igual cenário de batalha. A forma única de fazer esfriar a visão. O Apocalipse. Está lá, em Jeremias, se não me engano: "O fim chegará como fumaça e pó. Tudo cinza". Minha avó inalava aquela fumaça, que foi criando cinzeiro em seus pulmões. O câncer a levou. Mamãe estava com dezessete anos. Jogada pelo dono da fazenda em um orfanato de freiras. Ela não conseguiu se adaptar. Bicho do mato. Vivia escondida nas plantações. Não tinha contato com gente de sua idade até os vinte um. Ninguém quer uma criança com a idade tão avançada para adotar. Sumiu pelo mundo. Me carregava em panos de pratos. Fazia deles capulanas para me dar colo. Colocava meus bracinhos ao redor de seu pescoço. Pedia para segurá-la firme. Se cair, cairemos juntos. Ria e depois olhava para a frente. Podia encarar uma estrada. Rodoviária vazia. Caminhoneiros. Postos de gasolina. Feiras. Beiras de rios. Onde a sua coragem e olhos pudessem alcançar. Quem conhece o caminho, conhece os planos. Prantos caíam em meus lábios como gotas de chuva. Não vinham do céu. Mamãe chorava em silêncio. O choro faz com que o medo nos perceba e venha nos incomodar.

Nos instalamos em Guaianases. Mamãe sempre me contava: se tiver motivo, mate um rico. Arranque a sua pele e bote fogo. Não deixe marcas. Mate-os. Jogue os litros de sangue em uma poça ou bueiro. Corte o laço familiar. Cumpra o seu dever. Aniquile as falsas modéstia filantrópica de um milionário. Meu desejo é guerra. Arranhar rostos burgueses diante de um ritual satânico. Já percebeu? Rico morto tem cheiro de melado fresco. Hoje eu mato, esfolo, destruo as vidas de magnatas. Sou o Robin Hood que os livros esconderam. Não sou eu que devo ter medo. Eu sou o medo. Invado residência. Passo a corda em seus braços e pés. Chuto bocas. Faço terror. Eu sou o próprio terror. O horror que não toca a campainha. Aquele sem ter nada a perder. Toco o *show*, sem nunca jogar para a plateia. Porque o espetáculo é meu. Eu sou a atração da violência. Até mesmo para as páginas deste livro. Eu sou o protagonista preferido para descarregar todas as faces da morte. Produzo alarde. Perigo. Escárnio. Um prato cheio de palavras a serem colocadas na minha boca. Forma literária mais eficaz de transpor a minha eficiência de cometer crimes. A escolha preferida dos autores. Um personagem aquém de subjetividade. Sem motivos para linguagem rebuscada. Um cidadão sem nome, Falastrão. Botado em xeque por esta maldita digressão.

Vai cerrando. Cerrando. Cerrando. Quando sentir os ossos, muda de serra. Eu tenho medo de Danone. Não posso ver esta gosma colorida que entro em choque. Meu corpo nem responde. Paraliso. No mercado evito passar de beira nas geladeiras. É louca a situação. Foi na época de pivete, sem noção das porradas bem dadas. Meti uma garrafa de Danone na bermuda e fugi. Saí ligeiro da mercearia. Corri, corri, corri. Sabe, correr de sentir bater a sola na bunda. Pernas finas e passos largos. Olhar para trás era arriscado. Percebi que o segurança tava no encalço porque ele gritava "pega trombadinha". Eu desviava de velho com bengala, mães empurrando carrinhos de bebês. Molecada de mochila e uniforme, com cadernos pintados de guache. Bicicletas levando botijões de gás no bagageiro. Tias com sacolas de feiras. Taxista coçando o saco no ponto. Tinha que ver, driblei uma fila imensa à espera do busão. Parecia o Romário. Por causa da maratona, perdi o Danone na esquina da Artur Álvares. Um camelô, com a maleta cheia de carteiras de couro para vender tentou me capturar. Dei-lhe um saco no nariz. Escutei três estalos vindo da sua cara. Ainda tive respingos de sangue no pescoço. Nesse dia, ninguém me pegou. Cansei de tentar puxar o ar de um quarteirão inteiro. Encostei na entrada do metrô. Sem fôlego, sem Danone. Assustado, igual uma criança segundo antes do tapa na cara. Não bebo mais Danone. Gostava daqueles de sabor morango. Fiquei sabendo que agora tem de tudo, manga, frutas vermelhas, mamão, manga, kiwi. Kiwi? Taí uma fruta que abomino. Nem gosto de tocar na casca. Nem vem, aquilo parece um peito de homem.

Eu sei, eu sei. Falo demais. Boca muito quieta, quando encontra alguém para escutar, desatina a golfar histórias. Ladainhas. Tá bom, tem coisas piores para resolvermos. Só queria te explicar o motivo. Tu falou, acaba com o velho. Foi o que eu fiz. Olha ele aí. Mas tive um imprevisto. O cara já estava morto. Quando cheguei aqui na casa, ele estava deitado. Defuntou-se. Tiro na testa. Temos que dar um fim na arma também. O maluco deu fim nele mesmo. Tá no direito. Imagina, durante o jantar, colocou o revólver na mesa. Do lado do prato. Saboreou o seu último jantar. Último gole de vinho. Solitário. Olhou para a parede. Encarando o nada. As paredes brancas manchadas de sujeira. Pensou: pois é, devia ter dado mais uma demão. Não teve tempo. Pesou a responsabilidade no momento do disparo? Surgiram palavras recusadas no milésimo segundo do respiro? O que refletiu? Tomou banho o suficiente para morrer? Esticou o lençol na cama quando acordou? Limpou os respingos de pasta de dentes no espelho do banheiro? Tirou aquela incômoda remela no buraco mais difícil do canto do olho? Era o dia de regar as plantas? A comigo-ninguém-pode precisa de água? O tapete empoeirado vai ficar manchado de sangue. Esqueceu-se de comprar o removedor.

Boca aberta esperando algum divino fechar. Recordo de quando matei a minha vítima mais velha. Ela devia ter uns noventa e cinco anos. Nunca vi uma pessoa implorar tanto para não morrer. Porra, o que mais ela queria? Tinha nem mais dez anos de vida e ainda queria tirar proveito deste plano terrestre? Viver mais? Pelo amor, né? Ajoelhou, com dificuldade. Apoiou na beirada da pia da cozinha. Juntou as mãos. Pensava que fosse nascer pela segunda vez. Explicou que havia um câncer terminal, preferia morrer naturalmente. Não com uma facada no peito no meio da copa. A diabetes o fez ficar louco. Mijou-se. Escorria urina pelo piso. Enquanto babava, cravei a primeira facada. Quase que os olhos do coroa saltaram. Caiu se sufocando com o próprio sangue. Tem vezes que a nossa piedade se esconde nas sombras. Fiz a ele um favor. Dei um tiro de misericórdia em sua nuca. Noventa e cinco são tempos demais. Tá é louco se eu chegar até lá, ou ultrapassar. Ninguém tem paciência de estender a mão para os velhos.

Nunca presto atenção nas coisas. Não sei por que é que Deus perdeu tempo em me dar olhos. Não sou de surtar. Vamos resolver isso. Trouxe o saco preto que te pedi? Serra? Marreta para quebrar os ossos? Desse jeito conseguimos dobrar os joelhos do cadáver. O que é isso? Sons de pingos ou os ponteiros do seu relógio? São as babas vermelhas que caem da boca do morto? Não me venha com esse papo. Desesperar agora? Não tem mais jeito.

Corta os braços em dois, do cotovelo até a mão. Do cotovelo até o ombro. Nojo? O cara era podre de rico. Nojo tenho é de riquinho. Eu gosto é de ceivar playboys.

Se eu tivesse interesse na vida de ricos, eu os bajularia. Não é, não? Cineasta? Como é que é? O presuntão aí era cineasta? Cinema? Diretor? Nunca matei alguém da área. Cinema é para gente tosca. Eu também faço arte. Sei cortar um corpo como ninguém. Se eu pudesse, penduraria na sala de jantar. Estaria ali, meu troféu. Toma, usa a camisa dele para acender a fogueira. Não sou de perguntar, mas o que o finado cineasta te fez? Ih, questões de paixões eu não resolvo. Mamãe me falava, amor e morte, mesmo caindo

SOMENTE NOS CINEMAS 109

num abismo infinito, dão porrada um no outro. Meu verdadeiro amor é continuar caminhando acima da terra e debaixo do céu.

O que as pessoas realmente fazem neste mundo? Comer, cagar e dormir. São vulgares. Entediantes. À mercê da morte. Gosto. A vida é penumbra do mistério que é morrer. Do resto? É carne para o solo mastigar. Existem três jeitos para desovar um corpo. Primeiro: separe a cabeça do resto. Segundo: queime as pontas dos dedos. Desta forma, jamais decifrarão as digitais. Terceiro: queime o couro cabeludo. Mesmo se for careca. Com maçarico ou álcool. Quebre e triture bem os ossos, dentes e unhas. É gostoso. Martelar de leve. Até virar pedrinhas. É melhor para enterrar. Faça uma vala 1,5 × 1,5 e pronto. Enterre o morto.

Louco? Todos somos. Não me acuse, veja você. Ficou pistola por tomar um chifre e manda matar. Essas coisas não são ideias minhas. Estudei muito e, modéstia à parte, pratiquei em demasiado. Estude, nem que seja para saber os efeitos colaterais de uma bula de remédio, mas estude. Aprenda a ler, nem que seja para saber o nome da pessoa que for matar. Comecei a pesquisar sobre o corpo humano. Tomei gosto. Sabe o que é um anodonte? É um desdentado. E foi assim, metendo os olhos nas páginas. Carninegro, belfo, pernegudo, pexudo, romalhudo, remelgado, verucifero, momalhudo, charneira, sacrofemoral, nariganga.

Uma lâmina no olho e cessa o choro. Te liguei porque não sei o que fazer com o corpo. Não conheço a cidade e sei que tu manja de tudo por aqui. Onde é bom sumir com o tal cineasta? Fica tranquilo. Se fosse lá no interior, era só jogar no canavial que a queimada resolvia. Fuligem de corpo no céu? É uma beleza apreciar. O sangue evaporando. A pele ressecando. Os ossos derretendo. Uma oferenda à natureza.

Não vou me prolongar. Eu levo a cabeça e você o resto. Não me queira mal, mas peguei alguns ingressos que estavam no bolso do falecido. Está escrito pré-estreia. Coisa de rico isso, né? Conseguir as coisas premeditadas. Esse lance de exclusivo. Até que uma sessão cairia bem depois deste serviço.

Sanca

Salve, Betinho.

Está tudo bem?

Cara, engatinhando com esse troço de *e-mail*. Queria te mandar uma carta, mas você foi embora tão rápido e nem consegui pegar o seu endereço novo. Partiu ligeiro. Sem rastros. Talvez seja melhor.

A barra foi pesada, tô ligado, mas não devia descontar em nós. A Juliana me passou o seu *e-mail*. Disse que você sempre usa a internet para ver seus recados. Espero que veja este. Ela não está muito bem. Ficou cabrera com você. Nem perguntei. O que aconteceu, mano?

Te escrevo porque aquela nossa conversa depois do funeral foi essencial para mim. Estou largando tudo também. Vou cair no mundo. Aquele nosso sonho de molecagem. Lembra? Você me jogou a letra certa. Colocar Ben Harper na orelha e andar pelas estradas. Sem rumo. Ainda tenho aquele nosso mapa todo riscado com os lugares e países que íamos visitar. Infelizmente terei de realizar o percurso sozinho. Faz parte.

Encontrei o Plínio. Ele sempre fala de ti. Quer saber das loucuras que você tem aprontado. A loja de discos ainda está aberta. Plínio me disse estar meio mal de grana. As vendas não vão bem. Neste cu de mundo ninguém mais tem vitrola. Nada mudou, ele continua escutando Guns e Nirvana. Empacou nos anos 90. Chega a ser um tédio. Quem não emplacou foi ele. Fico máximo meia hora trocando ideia. Os mesmos papos, as mesmas lamúrias. Não sei quem inventou de ainda trazermos os antigos amigos para perto.

Esta semana estreou o episódio três do *Star Wars*. Ainda não assisti. Estou no corre-corre lascado e ver sem você é foda. Tá lembrado quando saiu da sessão do episódio I xingando George Lucas e mandando aquele Jar Jar Binks para a casa do caralho? Nem quis conversa. Ficou emburrado a noite toda. Nem o *beck* te fez soltar o verbo. Frustração da porra. Ontem, na madrugada, passou a primeira temporada de *24 Horas*. Bateu uma saudade das noites no Bar do Amaral conversando contigo sobre os capítulos.

Demorei para te escrever. Eu estava matutando a ideia. Aquele papo chapado me transformou. Depois do dia que você partiu, Sanca ficou pequena para mim. Não consigo dobrar a esquina sem uma lembrança de nós dois. Um telão na minha frente. A sala vazia. O filme rolando. Quase fui atropelado na Alexandrina. Bota fé, me sufoca passar pela rua Episcopal sem lembrar de ti, mano. O busão quase passou por cima de mim.

Sanca é traiçoeira. Quando você está de boa, vem a cidade e na maciota te queima. Faz fogueira em praça pública. Memória inflamável. São Carlos acende o pavio. Esta cidade me puxa pela garganta os momentos pesados. Não quer saber se irá te magoar. A cidade ri. Engasga de tanto gargalhar. Rememorar é o vodu desta cidade. Não vejo mais futuro por aqui. Não sem você, mano. Sanca castigou o nosso horizonte. O DDD. Zero Dezesseis. Uma dor nas costas. A dor desse castigo que não me deixa respirar. Por que São Carlos insiste comigo? Sanca é *freak*. Sanca é o vulto da menina morta que não sabe da própria morte. Assombra. Me assusta. Sanca é cruel. Dona da máfia. Detentora da minha alma. A cova rasa. Arrasta pragas. Ninho de cobra. Ter sanca é como ter um leão dentro do quarto. Não importa os bons tratos, ele irá te devorar. Sanca tem sabor de vinagre. Sanca é para os espertos. Em Sanca se dorme apenas com um olho aberto. Sanca é o lugar onde o diabo tira o seu sabático.

Colei lá na UFSCar. Tava rolando palquinho *dub*. Mó galera no DCE. A Carol estava no nosso famoso banquinho da maconha. A gente acendeu um em tua homenagem. Também cheirei duas lagartas brancas: uma pra mim e outra pra você. Lá no palquinho os meninos ainda perguntam de ti. Um dos maiores compradores de pó da cidade. Onde aquele branquelo aspirador de pó foi se meter? Vai vendo, um deles que me falou. O Lemão. Tá ligado? Cheirei mais alguns com ele, mas não é a mesma sensação de dar uns teques na napa contigo. Não fiquei muito tempo na federal. Tava meio sem grana e o banco já tava fechado. Na volta passei na pracinha perto do Mariva's. Aquele bar está cada dia vazio. Curva de rio da universidade. Era de lei o pessoal tomar as brejas antes de começarem as aulas. Encontrei a Ju. Estava com o Flávio. Manja o Flávio? O milico de merda? Estavam indo pro palquinho. Só cumprimentei de longe. Dar ideia pra PM não é comigo. Você tá ligado. A Ju estava contente. Fazia tempo que não via o sorriso dela. Depois do enterro dos teus pais, ela ficou com a ideia pesada. E quando tu partiu, vixe, mano, ela nem saía mais para os rolês.

Eu tô pegando pesado nas ideias. Foi mal. Mas se liga. Não some. Acho que você nunca mais voltará pra cá. Eu sinto. Pois fique sabendo que eu também não estarei mais aqui. Vou sair fora. Talvez passe por Sampa, aí podemos tomar uma e trocar as experiências. Quem sabe pegar uma tela. Por aí os filmes estreiam rapidão. Em Sanca é mó espera. *O Senhor dos Anéis* demorou um mês pra vir aqui. O pessoal pirou.

Tô com novos planos. Fazer a mochila e pegar a estrada. Primeiro quero conhecer as cidades pequeninas. Aquelas que só conseguíamos enxergar com a ajuda de uma lupa no mapa da sala de Geografia do Sebastião de Oliveira Rocha. Arranjarei uns bicos. Já fui chapa de uns caminhoneiros. Sem problemas. Depois desse rolê, pensarei em passar aí e te abraçar. Olha, as horas aqui na *lan* estão terminando. Me responda quando puder.

É só o começo.

Fica na paz, meu querido

Abraços,

Henrique

Diálogos

Saindo da sessão do filme pornô, quis saber:
— Foi bom pra você?

O Eldorado

Os desejos mais absurdos aparecem nos segundos finais do sono. O suor frio nas costas chacoalha o corpo. O pijama empapado. Era verão, mas mamãe insistia em me vestir com roupas compridas e pesadas. Havia um medo de pneumonia naquele ano. O susto. Algo gosmento e quente espalha pela calça. Escorre nas pernas. O pesadelo criou vida e escapou de dentro do meu corpo? Um monstro a me perseguir deste lado do mundo? Coloco dois dedos por debaixo da roupa? Trago para a vista. Encosto com cuidado a ponta da língua no fluido. Não há gosto que reconheço. Úmidas unhas. O líquido branco desce para o pulso. Admiro aquela brilhante novidade saída de mim. Passos no corredor em direção à porta do meu quarto. Dou uma lambida na mão. Engulo o líquido. Ninguém pode ver. Nem a mamãe pode saber. Pressiono os olhos. Finjo dormir. Vi em um desenho que só assim enganamos os adultos. As pupilas não se adaptam ao disfarce. Nada vem à mente. Ninguém sonha sem o pó de Morfeu. O escuro do quarto. O interruptor do lado da porta. Pressiono o corpo no colchão. Desespero. A luz.

Prometo, vai ser melhor para você morar com o titio. Mamãe disse quando me trouxe leite quente na caneca vermelha. Se eu não gostar, fujo. Fugir nesta idade só se for dos pesadelos. Ela sentada na beira da cama, estica os braços para levar a coberta até os meus ombros. Chuta os brinquedos do chão para o canto da parede. Não quer se acidentar ao sair. Deixa pra lá esses pesadelos. Não quero te ver assim no seu último dia em casa. Guarde a lembrança deste quarto. Imagine coisas boas vividas aqui. São Carlos te providenciará mais memórias, mas tenha guardado um pouquinho deste cantinho. Você engatinhou naquele tapete. Fazia carinha de sapeca. Se eu não ficasse de olho estaria se equilibrando na ponta da escada e sabe lá Deus o acidente que causaria. Não ria, bobinho. Você deu os primeiros passos naquele vão perto da parede com reboco. Seu bracinho direito foi se sustentando. Um passo. Uma mãozinha solta. Dois passos. As duas mãozinhas para o ar. Você tirou a lasca de cor azul do rodapé. Nem reformei.

Nunca tinha visto o tio Douglas. Quando nasci, ele estava fora da cidade. Preso em alguma cadeia do interior. Vovô gritava que era para aquele verme apodrecer naquele lugar. Que lugar? Que cela? Titio estava preso? Mamãe jamais comentou sobre o assunto. Nem na mesa nem na cama antes de dormir. Você ainda é novo. Eu tinha zero conhecimento sobre o seu próprio irmão. Sabia que ela guardava fotos da família na gaveta do criado-mudo. Dentro da caixa de alumínio estavam as imagens 3x4 do papai, uma minha quando bebê e duas do tio Douglas. Ambas de infância. Eles abraçados, sorrisos para a lente. Mamãe de fralda e titio de sunga. O mar paralisado atrás deles. Areia até as canelas e um balde verde vazio no canto da foto. A outra imagem traz um efeito sombreado. O escuro do erro da revelação cobria os olhos do titio. Sozinho. Só a boca clareada. Boca de adolescente.

Com um sorriso assim. Queixo de adulto. Pescoço afinado e o gogó de parecer ter engolido uma bola de gude. Da vez que mamãe me disse que eu ia passar um tempo na casa de seu irmão, imaginei como seria o seu rosto hoje em dia. Aquela face das fotografias fica diferente na velhice. A pessoa espicha a pele quando cresce. Pinica a idade. Incomoda. Estica e cai. Murcha. Construía na mente as rugas, os olhos baixos, a testa com traçados profundos. Insisto. Mas monto um quebra-cabeças faltando peças.

Durma e não fuja do sonho. Mamãe saiu do quarto e seguiu para o seu sono. Eu não consegui. Impedia o sonho de se manifestar. Recordei da tarde que brinquei com Manoel. Bola de plástico rolando no asfalto. O sol das treze horas. Na nossa rua havia um terreno baldio com mato alto, causador do ódio dos moradores. Três meses e nada da prefeitura dar um jeito. Manoel deu uma bicuda e a bola só parou por causa da grama crescida. Fomos buscá-la. No caminho, pisamos em galhos e picão. Desviamos de um imenso cupinzeiro. Xi, o terreno é infértil. Como sabe? Onde se tem cupim, planta nenhuma dá vida. Quem te disse? Vi num filme. Percorremos mais dentro do lote. A bola estava presa no pé de mamona. Manoel não demora e a retira do galho. Tento apressar a nossa volta para a rua, porém sou barrado por ele. Segura meu braço e me puxa para perto de seu corpo. Sabe, Paulinho, já que você vai embora, que tal pegar no meu pinto? Ele era mais forte. Mais gordo. Mais velho. Mais amedrontador. Mais intimidador.

São Carlos é amarela. A cor do comprido muro do cemitério na entrada da cidade é amarela. Calor. Os cascos das árvores são amarelados e desgastados. Tom da raiva.

Os portões das casas são amarelos descascados. Dentes dos fumantes. Os mausoléus dourados disputam altura com as araucárias plantadas no caminho da calçada. Pus. O ônibus segue até a rodoviária. Amarelo é a cor do enjoo. Mamãe agarra meus cachos e os puxa para trás. Vomito em uma privada no banheiro público feminino da rodoviária. Meus olhos desacostumados com São Carlos. Vai, solta tudo pra fora. Preciso sobreviver à quarentena desta cidade. As pessoas andam em câmera lenta. Os passos não são como os da capital. Caminham com vontade de não querer chegar ao destino. Puxo a mão de mamãe. População estranha que só incomoda a mim. Como explicar os tantos cumprimentos de bom dia pelo percurso até o ponto de táxi? O sol por todas as direções. Quase não há sombra em São Carlos. Não há prédios para ocultar os raios. Não existem rostos escondidos. Eu cresci aqui, Paulinho, e corri quando pude. Esta cidade não é para se ter vínculo. Seu pai pegava todo final de semana o ônibus no Tietê e vinha pra cá. O vai e volta foi encurtando. Quinze. Vinte dias. Um mês. Saí de São Carlos com o anel no dedo e grávida.

A Avenida Sallum era um vilarejo dentro da cidade. No Fusca amarelo do táxi, observava as lojas abertas. Serralheria Dois Irmãos, colchões Amarildo, Floricultura Nipoi, Casa de Carnes 3r, Madeireira Alcântara, Bar do Cavaco, Quitanda Nossa Senhora da Graça, Colchões Paiva, Mercearia Aquarella, Padaria Bom Pão, Ivone Costureira, Jornaleiro Primeira Página e o enorme Cine Joia. Mamãe ia muito lá ver filmes com o titio. Ela dizia que fazia fila nas estreias. Havia até quem torcia para isto acontecer. As pessoas colocavam as melhores roupas para pegar a sessão. Mas ninguém conseguia vê-las no escuro. Por isso aproveitavam as filas para mostrarem os trajes novos. Até paquera rolava. Se o papo fosse bom, o namoro começava nos *trailers*. Seu tio ama filmes. Quando criança, durante a semana, ele carregava os entulhos da reforma da igreja para ganhar uns trocados do Padre Josias e gastar em algum filme no sábado. O Douglas vai adorar te levar no Joia.

O quebra-vento do táxi fazia um som esquisito. Assobio confuso. Estala. Espoca. A corrente de ar no meu rosto não refrescava o calor dentro do Fusca. Mamãe saca o leque e espalha bafos quentes. O asfalto gasto fazia com que o motorista trabalhasse no volante como se o quisesse desenroscar do painel. Pra lá e pra cá. Pela janela, a velocidade do carro puxava a senhora de vestido azul longo segurando a sombrinha bege. Olhava passar uma fila de jovens de uniformes escolares à espera de sinal fechar para atravessar. Um chapéu de palha nos braços do senhor de pele ressecada encostado na parede onde o letreiro da madeireira fazia sombra. O taxista não perdoa a carroça na frente. Buzina. Grita. Filho de uma puta. Olha a boca, senhor. O cavalo marrom apático. Mirrado. Carregava quilos de cana-de--açúcar e sustentava o arrepio do chicote de seu dono. Na próxima curva, pego a mão direita de mamãe. Gelada. Ansiosa para rever o irmão? Ou talvez seja o medo de não ser bem recebida. O último laço sanguíneo de uma família é o de irmãos. Se romper, não há revinda. A fisionomia desbotada. O titio agora é um membro desfocado das vivências de mamãe. Natal, Ano Novo e aniversário são sobrepostos no desespero de esburacar alguma imagem do irmão. Nada vem. É como se tapassem os olhos de mamãe com as mãos amnésicas. As mãos de uma época inalcançável. As mãos pesadas. As mãos do esquecimento pressionam cada vez mais o seu rosto. Não deixam fissuras para os seus neurônios contemplarem, neste instante, a aparência custosa de Douglas. A forma crível é apenas a fotografia em duas dimensões presa no tempo e abandonada há mais de vinte anos na gaveta do criado-mudo.

O que você tem, Manoel? Tá louco? Ele insiste, puxa o meu braço para perto dele. A minha mão próxima da sua virilha lisa. Como é que é? Pega no meu pau. Gritei um "Não" eufórico e chutei a sua barriga. Corri. Pulei cupinzeiros e mamoneiras. Afobado. Ofegante. Com os braços espalhei matos para os lados. Abri caminho até a rua. Olhei para trás e não avistei Manoel me perseguindo. Ouço o seu grito. Fuja. Nunca mais volte. No dia seguinte estava em São Carlos. No banco traseiro de um táxi, ao lado de mamãe, sem alternativa, indo para a casa de titio Douglas.

O lugar ainda é um mistério para mim. Quem sairá da porta de madeira com a plaqueta pendurada e os dizeres "Seja bem-vindo". Terei um abraço caloroso ou apenas um aperto de mão? Titio Douglas é simpático ou ranzinza. Sem paciência com criança? Bate em criança? Grita com criança? Gelosias abaixadas. Desconfiei. A esta hora, quente, e a parte de dentro escura. Mamãe bateu palmas. Encostou a cintura no portãozinho branco enferrujado. Ameaçou bater de novo, titio Douglas finalmente apareceu. Camisa regata vermelha e calça jeans. Chinelas de couro. Levantou a mão e nos cumprimentou. Sorriu igual a foto de fraca revelação. Pude ver seus olhos. Finos, que quando abre a boca os estica e nem conseguimos ver a cor caramelada de sua expressão ocular. Ele desce os três degraus da varanda e caminha alguns passos até nós. Espigado. Cabelos pretos com as têmporas grisalhas. Titio Douglas não faz mais parte das fotografias guardadas no criado-mudo da mamãe. Abre o portão e dá um longo abraço em sua irmã. Isto é sauda-de. Lágrimas no pescoço de mamãe. Beijos nos cachos do irmão. Encararam-se. Quem são estes atuais seres de frente um para o outro? Aguardam por segundos o peso das lágri-mas desaparecer. Aos poucos ficam leves. Não somos mais jovens, irmã.

E este rapaz? Titio coloca a mão com cheiro de alho no meu ombro. Aperta os dedos até sentir a clavícula. As unhas compridas deixam marcas na pele. Ele é o seu sobri-nho. Paulinho? Que maravilha. Não te vi nascer, uma pena. Mas olha pra você, como é lindo. Você não fala, Paulinho? Ele me encara. Cismado. Dá um beijo em minha testa e um aperto no nariz. Mamãe puxa assunto. Tímido, Douglas. Quando romper a tagarelar você vai pedir para ele voltar a ficar calado. Contei do cinema e dos filmes que você gosta de assistir. Você o leva? Iremos em vários. Vamos prosear sobre diversas cenas. Você vai ver, Paulinho, as conversas nos filmes servem para trazer o espectador bem pertinho. O som dos diálogos. Aqueles barulhos de vozes querem contar as mais íntimas histórias visuais. É um encanto.

O cheiro de molho de tomate propaga a cozinha. Pisos cinza-fosco combinavam com os azulejos brancos. A mesa de madeira com apenas quatro cadeiras resultava a mo-déstia da casa do titio. Três panelas de barro penduradas em pregos na parede. A Clímax verde perto da janela de cortinas floridas. Embora o sol penetre pouco o ambiente, notam-se os raios na pia de mármore escuro onde em cima estão cebolas picadas e um pacote de espaguete. Sozinho, ajeitei como pude os móveis. Fui comprando aos poucos. Depois da prisão, tive que me virar com o que conseguia. O Tião Menino me deu uma enorme ajuda. Lembra dele? Tião foi o primeiro namoro da sua mãe. Para, Douglas. O garoto não precisa saber. Tá certo, tá certo. Voltando ao Tião, enchemos as lajes de várias casas da Zona Sul. Criaram bairros novos por lá. O trampo era bom, mas já não tem mais casas para cobrirmos de cimento. Tião decidiu ir pra Ibaté. Naqueles lados tá tendo uma grossa plantação de cana. Eu não fui. Me tornar boia-fria? Comigo não. Alguns mobiliários eram da mamãe. O fogão vermelho, irmãzinha? Olha ali. Ainda funciona. Tá novo. Um dia, Paulinho, sua mãe havia assado o melhor pato que já comi. Quando foi, mana? No Natal. De que ano? Há anos, Douglas. Nunca mais fiz aquele assado. Ora, por quê? Decidi perder a receita. Os dois ficaram em silêncio. Remexer o passado fornece recordações desagradáveis e ficar quieto é o pedido para não continuar carregando frágeis monumentos.

Titio olha as suas próprias mãos apoiadas na mesa. Mamãe procura a garrafa de água na geladeira. Esse calor de São Carlos. Nossa, como corrói. É pesado. E dizem que vai piorar. Quem disse? As pessoas. Outro silêncio. Os dois não davam aberturas para a intimidade. Proteção. Não ultrapassar as relações. As distâncias causam degradações. Ausência de carinhos e confiança.

Mamãe perguntou dos cinemas da cidade. Altos e baixos. Nos anos setenta havia o Cine São Carlos. Ficava na Praça Coronel Salles. Demoliram em 1977. Tem dois aqui perto, os cines Avenida e Joia, são os que mais vou. O dono do Joia me conhece e quando surgem alguns problemas elétricos me chama para consertar. Ali vi muitos filmes bons. *Star Wars, O Poderoso Chefão*. Aquele do De Niro *punk*? *Táxi Driver*. É, este aí. O grande cinema da época era o Cine Avenida. Durou até o começo dos anos oitenta. Fechou e no lugar abriram um enorme estacionamento. Foi de doer de tristeza. Fizemos um protesto na última sessão. Montamos um velório dentro da sala. Velas e flores. Um caixão preto com os dizeres "Aqui jaz o Cine Avenida". Ficamos obsoletos, mana.

Manoel me chama no portão para jogar bola na rua. Não atendi no primeiro grito. Mamãe foi à feira. Tranquei-me no banheiro e pude tocar no pipi. Tirá-lo para fora e roçar no azulejo. A pele estica e amassa. Arrepia. Os ombros caem. As mãos suam de deixar marcas no ladrilho. Manoel grita. A imaginação resgata a imagem do seu corpo. Manoel nu. Os olhos enganam, mas eu queria Manoel comigo roçando e sentindo o seu corpo em gostosa agonia. Sinto o bafo de Manoel. Cheiro de groselha. A distância não atrapalha. O tesão nos traz de frente com o desejo desproporcional. O gosto artificial de Manoel. Ele me chama. Clama. Passa a língua em mim. Berro. O líquido branco escorre do azulejo. Desce até o friso. Pego um pedaço de papel higiênico e limpo os respingos no chão.

Durante a semana fazíamos a compra de casa no mercado do Ângelo. Titio pendurava a conta. Acumula aí, quando virar o mês eu acerto tudo. Ângelo dava o positivo e passava o lápis no caderninho. Sacolas na mesa e garrafas de cerveja debaixo da pia. Gostávamos de ajeitar os produtos no armário. Latas de ervilhas ao lado das de atum. Farinha junto com os pacotes de leite. Batata, mamão, manga, banana e maçãs na fruteira perto da geladeira. Quatro meses com o titio Douglas e não fugi. Começávamos as manhãs preparando o café e buscando o pão na padoca do Seu Cláudio. Duas médias e um sonho. Ligávamos o rádio para escutar as notícias da cidade e região, quando entrava o intervalo encostávamos nossos ouvidos no falante para sabermos as estreias dos filmes nos cinemas. Titio anotava no papel de pão três títulos para pensarmos e escolhermos qual veríamos no final de semana.

O Cine Joia recentemente instalou fios de neon nos corredores. Inovação do ano, as pessoas não tropeçam. Uma pista brilhante. Vermelha. Não atrapalharia a sessão. Nem percebemos aquela luz fina ligada durante o filme. As paredes, do chão ao teto, foram revestidas com pano de veludo preto. Luzes de camarim contornavam os pôsteres colados no lado de fora. Os letreiros da marquise iluminavam a Avenida Sallum. Colocaram um longo cordão para organizar a fila. Compraram sacos de pipoca listrados de branco e vermelho, dos quatro lados estouravam os dizeres *popcorn*. Os banheiros pendurados com cartazes de filmes antigos e o projetor foi trocado para um de setenta milímetros. Titio sentado na quinta fileira da sala de cinema. Acendia o cigarro, fazia anéis de fumaça. Eu gostava. Parecia mágica. Veja como desaparecem lá no alto. Eu tocava no cinzeiro fixado no braço da cadeira e aguardava encher o lugar. Paulinho, gosto de sentar aqui minutos antes de começar o filme, sabe por quê? Porque gosto de um desafio. "Venha, me mostre." Será que irá me prender ou é totalmente maçante?

128 JORGE IALANJI FILHOLINI

Vou encarar. O cinema existe para estreitar ou prolongar o tempo. Alguns filmes nem notamos passarem as horas. Queremos um espetáculo de acordo com as nossas necessidades e curiosidades da vida alheia. No fim, saímos da sala e vivemos as nossas próprias e entediantes obras reais. Perguntei se titio já pensou em fazer um filme. Já, mas faz tempo. Hoje só critico.

Após a sessão, titio seguia até a lanchonete do Amaral. Pedia um x-bacon e uma garrafa grande de Seven-up. Cortava o lanche ao meio e entregava a metade para mim. Pendurava a conta. Voltávamos para casa. Titio caminhava com a cabeça abaixada. Fixava os olhos na calçada. Não conversava. Chegávamos em casa e ele pegava a sua caixa marrom de sapatos em cima do armário. Agrupava o recente ingresso junto de outros tantos empilhados. Ele me mostrou alguns que marcaram sua vida de cinéfilo. Mexeu-os com o dedo como se acariciasse a barriga de um gato e retirou o ingresso escondido. Envelhecido e com as pontas amassadas. Em milésimo de segundos o rosto de titio foi modificando. Os dentes sumiam para dentro da boca, suas sobrancelhas faziam um arco de admiração. Susto. Os olhos fecharam por um tempo. Algo rebobinava na sua memória. Seria um filme ruim que assistiu? A testa de contínuos riscos de perturbação. A mão direita ainda segurava o ingresso. Porém, trêmula. O que tanto aflige o titio?

Veja este ingresso, Paulinho. Eu consegui colocar duas pessoas dentro do cinema com apenas este ingresso. A Joana e eu. Sabe, Paulinho, não cometi crime algum. Esse era o papinho que sua mãe insistia em dizer para se prejudicar com a sociedade. Nunca matei. Nem sei atirar. Fui pego pelos milicos por causa da resistência. E Joana sofreu por causa da minha luta. Radicalidade. Se assim queriam dizer. Íamos para o Paraguai. Um pequeno país que faz fronteira com o Brasil. Um dia eu te mostro onde fica. O comitê foi descoberto pelo governo. Queriam nos cercar, prender. Até nos matar. Quando baixou a polícia no prédio, alguns conseguiram fugir, eu e Joana fomos um desses. Conseguimos nos esconder no hotel de estrada de um amigo que sabia da resistência. Ficamos duas semanas no porão da casa dele, o hotel ficava em cima. Sem sinal de sol. Apenas comíamos pão e as sobras do café da manhã dos hóspedes. Foi em uma quarta-feira nublada que recebemos a carta do movimento indicando que ajudariam no nosso exílio. Joana chorou apoiada em meu ombro. Apertava o meu peito. Suas unhas deixavam marcas. Não me importava, era a única forma de ela expressar conforto. Antes de sairmos do país, precisaríamos pegar documentos falsos e passaportes com o grupo. Escrito na carta o local do encontro. O Eldorado. Antigo cinema da cidade. Já falido. Era o centro cultural importante, mas ultimamente vazio. Com pouco movimento. A polícia havia proibido sessões de alguns filmes, por isso começou o declínio. O lugar era estratégico para nós. Entrar, pegar o que fosse necessário e partir. Joana preocupou-se. Achava arriscado. Estávamos sendo caçados. Iam nos reconhecer. Ela estava certa, mas não poderíamos viver mais tempo naquele porão. O medo imediato não se escreve em prosa ou verso. É da nossa natureza, Paulinho. Hoje não sinto raiva, mas invejo todas as pessoas que fecharam os olhos para a situação que combatemos. Tive companheiros até hoje desaparecidos. Sem sinal de alma ou corpos. Joana não queria se tonar nem um nem outro. Já eu, queria o embate. Fugir ou exilar, eram casualidades distintas. No exílio se combate indiretamente em prol de sua ideologia. A fuga é uma doença inerte. Não acalanta a alma. Convenci a Joana de arriscar. A polícia já sabia do nosso paradeiro e estávamos em direção ao encontro com o companheiro Pedro. A família dele foi torturada durante três dias em uma casa abandonada na baixada da rua Sete de Setembro. Sua esposa recebeu duas horas de choque no corpo, em intervalos de vinte minutos. Os dois filhos do casal presenciaram. Pedro, de tanto receber chicotadas nas costas e chutes nos testículos, resolveu cooperar. A ideia do encontro no cinema foi dele. Na sessão de *Tubarão*. Entramos na sala. As luzes baixas, a canção clássica tocando nos falantes pendurados nas paredes. Escondidos e revestidos por véus da cor vermelha. A sessão não estava cheia. Joana me entregou apenas um ingresso. Descartei o canhoto e entramos. Guardei-o dentro do chapéu. Descemos o corredor até a fileira do meio da sala. A intenção era sentar nas poltronas do meio. Pedro na cadeira da frente, eu e Joana atrás dele. Não o encontramos. Olhamos para todos os cantos da sala. Poltrona por poltrona. Pessoas presentes e sentadas encaravam a tela ainda sem a luz do projetor. Relaxavam ao som ambiente. Joana agarrou o meu pulso. Tentava me puxar. Desista. Pedro não veio. Ela tinha razão. Em três poltronas, espalhadas em pontas demarcadas para nos cercar, havia os agentes e policiais. Fomos pegos. Pedi para Joana ter calma e levantar os braços. Entregue-se. Vai dar tudo certo. Ela chorou. As lágrimas pingavam na minha mão. Não faça besteira, *bunita*. Foi quando ela me beijou a orelha. Dando uma leve mordida no lóbulo e correu. Apenas sete passos. Joana caiu perto da porta de saída da sala, debruçada e com cinco tiros nas costas. Gritei, berrei e não tinha como me deslocar. Forçaram o meu joelho. Deitaram-me com a cara no carpete preto. Sapatos me chutaram a boca. Perdi quatro dentes. A coronhada foi certeira. Apaguei. Nunca me deixaram ver o corpo de Joana. Não tenho mais a imagem do sorriso dela. Apenas a cara pálida e assustada de sua última expressão antes da morte. Levaram-me para uma prisão federal em Itirapina. Despertei com banho gelado em uma copa industrial vazia. A minha cara agora estava espremida no piso. Chamei por Joana. Chamei pelo Diabo. Fiquei duas semanas naquela cozinha gelada. E cinco anos preso. Os pulmões fracos, o estômago queimando. Tive princípio de úlcera. A gente não come, a gente vegeta. Porcos tinham mais ascensão. Primeiro a tortura, depois o inferno. É às sombras que a vida é distante. Uma miragem ano-luz de apalpar. Farejar. Engolir. O meu isolamento não é a busca da reflexão, mas de ser esquecido. Abandonado. Um túmulo sem lápide em terra de ninguém. O meu estado corporal se tornou uma rocha na beira da praia. Ondas violentas quebrando pedaços de mim. Renúncia pequena. Foi assim, a passos pequenos, que me tornei grão de areia. Perdido e pisado. Dando marcas para outras pegadas. Joana foi o meu grande amor e minha grande perda. Tenho culpa nos dois acontecimentos.

Titio joga o ingresso na pilha e fecha a caixa, limpa o rosto com a coberta verde pendurada na cadeira de ferro de seu quarto. Funga duas vezes e traz a mão à boca. A gente foge das memórias. Que bobagem. Elas desancam a voltar. Recordações, lascas de vidro nos olhos. Desequilibram. Cegam. A memória é reconstrução. Sangue e choro. Estado líquido vertiginoso. Tio Douglas encosta a porta do quarto. Tranca-se dentro de sua própria caixa. Ouço o clique do interruptor. Luz apagada. Vá dormir, garoto.

Vestia uma camiseta escrita *punk is not dead*. Carregava nas costas uma mochila camuflada, corrente dourada no pescoço, não identifiquei o pingente. O cabelo penteado com gel para trás. Coturno preto desgastado fazia um som pesado ao caminhar. Era o primeiro dia de aula do Manoel. Desconfiado, ele abre a porta da sala e se dirige ao fundo. Encontra uma carteira vazia, senta e encosta a cabeça na parede. Os olhos castanhos escuros observavam o começo da aula. A lousa com números romanos demonstra tédio. Fito devagar o fundo. À primeira vista o defino como bravo, mal-encarado. Mas talvez seja apenas um casulo de proteção. Dentro de Manoel enxergo o medo. O temor omisso. Um novo lugar nem sempre é a definição de bom. Sentimos o pavor do desconhecido. De sermos estranhos. Cobra fora do ninho. Rastejamos para conhecermos terreno. Ele me nota. Encara meu aspecto assustado. Atitude de penetra. Dei bandeira. Será que ele vai sair de seu lugar e vir até aqui me bater? Fui descoberto. Retorno para a frente. Aos cabelos cacheados de Paulinha. O giz branco corre com os dedos da professora. O silêncio na sala de aula me incomoda. Ele não vem? Conto até dez. Oito, nove. Desvio o foco entre os corpos de Gisele e Bia. Manoel me encara. Sua face modificou. Piscou e sorriu para mim.

Nossos passeios foram se desgastando. Algumas vezes, titio precisava trabalhar até tarde e não podia ir à sessão comigo. Havia começado um projeto de saneamento básico na zona oeste de São Carlos. Tio Douglas fazia os serviços nos períodos da tarde e noite. Arranjava os trocados, dava um beijo na testa e me autorizava ir sozinho assistir ao filme que quisesse. Confio em você, garoto. Depois me conta tudo. As semanas foram cada vez mais solitárias. O titio não me acompanhava no café, almoço e janta. O trabalho foi ultrapassando o horário. Tentava trazer uma possibilidade. Não, garoto, pegar o filme na metade e depois ficar para assistir o começo. Não vou poder. As nossas relações sociais cobertas por mais serviços. Terminava o almoço, deixava o prato dentro da pia, entrava no Passat laranja e saía. Não dava motivos e quando eu perguntava, ele mudava de assunto. Falava sobre filmes e cinema.

Escondido, juntava as moedas. Queria visitar mamãe. De alguma forma planejava um encontro. A saudade necessita de afeto imediato. Titio disse que ela fez uma viagem longa. Nem a nado conseguiria chegar. Nunca me ligou. Jamais enviou cartas. Cinco meses sem notícias. O choro era inevitável. Uma noite, titio entrou no quarto e me viu acordado. Aproximou-se e perguntou o que se passava. Sua mãe vai voltar. Ela precisou partir por um tempo para resolver certos problemas. Confia nela. Você vai sentir os braços e cheiros de minha mana em breve. Eu tinha medo. Há monstros lá fora que podem machucar a mamãe. Ele balançou a cabeça. Mostrou os dentes. Parou para pensar que nós somos os monstros? Nós estamos aqui dentro e eles do lado de fora é que têm medo da gente. Ficamos aqui, trancafiados, à espera do ataque. Somos maiores que as pessoas pra lá do portão. Elas querem nos apavorar, mas não deixamos. Atacamos. Somos fortes, Paulinho. Sua mãe é a mais forte de todos. Resista contra esses monstros, pois o real monstro é você. Enorme. Imenso. Gigantesco. Não seja humano. Torne-se fera. Rasgue o medo com as unhas. Demonstrar fobia é sinal frágil. O que é da nossa natureza é defesa para o ataque contra os seres desprezíveis. Torturadores. Não os deixe se aproximar de ti.

Recebi um bilhete quando voltei do recreio. Um papel branco dobrado em dois entre os lápis colorido dentro do estojo. Desdobrei a folha e em caligrafia de fôrma havia escrito ME ENCONTRE NA PRAÇA DA ESCOLA NO FINAL DA AULA. No canto o nome de Manoel com letra de mão. Uma mistura que me fez pensar em timidez. Mau jeito em transmitir empatia. O sol alaranjado. Quase seis horas e o cheiro de erva-doce no canteiro da praça. Os ventos rabiscavam as areias no piso de concreto. Manoel sentado em cima da mochila em um dos bancos de madeira. Todos os alunos haviam ido embora, somente nós dois de uniformes iguais trocariam conversas ou carícias. Aproxima-se. Abre o sorriso e me pergunta a idade. Ele é mais velho, anos atrasados na mesma série. Disse vir de Santo André. Foi expulso da terceira escola por brigar. O outro garoto ficou em coma quase um mês. Manoel sentia o peso do perigo. Enchia a boca para explicar com detalhes os motivos da expulsão. Gosta de ser acanhado. Mas não provocado. Agora sou eu que aproximo. Ele de ombros largos e peitos sarados. Foi lutador greco-romano no ginásio municipal. Abandonou os treinos para vir estudar em São Paulo. Manoel olha o meu queixo e diz ser bonito. Passou os dedos. Pele lisa. Mãos ásperas com cheiro de canela. As unhas limpas e compridas traçavam o meu rosto. Ele achava engraçado o contorno. Cara de frigideira.

Rimos. A sensação era tão boa que fechei os olhos. O sol desaparecia, o vento mais forte levantava meus cachos. A queda machucou as minhas costas. Os joelhos ralados. Manoel me empurrou com tanta força que fiquei alguns segundos sem ar. No tombo olhei para cima e vi seu rosto mudar. Ele me encarou e disse para nunca mais chegar perto dele. Virou e foi embora pela calçada sul. Ao meu lado passou Roberto, aluno da nossa sala. Perguntou se eu estava bem e me ajudou a levantar. Limpei as calças e tirei os galhos secos pendurados no uniforme. Segui para a direção norte.

São Carlos é um cárcere de mais de mil quilômetros quadrados. Os muros do cemitério. O balde na praia. Pau do Manoel. Pensei nas fotos e no criado-mudo de mamãe. Titio cada vez mais dentro de casa. Evitava colocar os passos à rua. Cadê as roupas? Não usava mais calças nem camisetas. Circulava pelos cômodos de cueca. Mesmo em dias frios, nunca se agasalhava. Diversas noites trancado em seu quarto. Não se movia. Não fazia barulho. Eu encostava a orelha na madeira da porta para confirmar se ele estava vivo. O medo de ficar sozinho me perseguia. Sem mamãe, o que eu faria? Uma possiblidade é morar dentro de um cinema. Empilharia as poltronas, um casebre improvisado, e transformaria a sala da sessão em lar. Meu telhado será a marquise do Cine Joia. O projetor o Sol. A rua, a tela imensa, com os vizinhos passando por ela. O ator me cumprimentando, saudando o dia e dando boa sorte. Confessarei meus segredos para as atrizes. Deitarei nas cadeiras em que eu quiser. Nunca mais sairia do Cine Joia. O avesso do cenário. O drama cinematográfico. Nenhum detalhe excluído da tela. A vida deveria morar em um filme.

As páginas dos jornais destacam as estreias da semana. Quadradinhos estampam cartazes nos cantos das folhas. O nome dos atores principais na parte de cima, os títulos no meio e embaixo, com letrinhas brancas, minúsculas e finas. Faz duas semanas que titio não sai do quarto. Não come, não toma banho. Nem dá resposta quando o chamo. Dou a volta por fora da casa. Chego até a janela de seu quarto. Também trancada. Bato três vezes na madeira, no trinco fixo. Sem sinal. Titio morreu? A primeira questão. Corro para dentro da casa. Desesperado. Tiro a camiseta. Enrolo no punho. Retomar as batidas na porta. Mais forte. O arquejar do peito. As mãos cansadas e latejantes. Ferrugens no assoalho do corredor. O sangue pincelado na madeira da porta. Barriga dolorida. Olhos lacrimejantes. Babava uma gosma amarela com gosto de leite. Com a força da batida na porta, mordi a língua. O estômago sentia a exaustão. Eu gritava. Tenho certeza de que até a rua escutou. Menos o titio. Nenhuma resposta. Digo para titio me responder. Grito. Titio. Conte-me uma história. Você é bom de falar as maiores peripécias do tempo de criança. Diz como era a sua época pequenino. Responda. Certeza ter um repertório imenso sobre a nossa família. Sobre a infância da minha mãe. Responda. Qual filme você mais amou. Diz. Logo. Um filme chato. Reclame de uma atuação ruim. Um péssimo diretor. Vem ler o jornal de hoje. Vamos escolher qual filme assistir no Cine Joia. Mamãe ficará encantada quando nos vir embaixo da iluminada marquise do cinema. Tomaremos sorvetes depois da sessão. Segurando a casquinha. O meu de groselha, o seu de tangerina. E qual o sabor da mamãe? Eu sei que você sabe. Vem me falar sobre aquela foto de vocês dois ainda bebês na areia de alguma praia. Mamãe tem até hoje aquela foto guardada. Recorda? O espetáculo no Theatro Municipal de São Paulo foi a primeira vez que vi o titio. Eu não entendia onde estava e só chorava. Mamãe perdeu a calma. Me balançava, o resultado era mais náuseas e lágrimas. Titio se aproximou e me pegou no colo. Colocou a minha cabeça no seu ombro direito e massageou as minhas costas. Ele pulava. Um ritmo acelerado. Me relaxava. Encostou sua bochecha na minha e roçava a barba. Adormeci. Lembro da frase dita por ele. "Pronto, fim do espetáculo." Abra a porta. Minha voz agora rouca. A língua seca. A garganta arranhando. E nada do titio me retornar. Um alô. Que seja um estou bem, moleque, me deixe. Encontrava fôlego para continuar. Batia com mais força. Soquei a porta. Jogava o ombro para cima da fechadura. Nenhuma resposta do titio. Virava a maçaneta, intacta. Berrei. Vou chamar a polícia. Vou mesmo. Tomei distância e corri. Me joguei na porta. O trinco finalmente abriu.

Titio deitado na cama. O quarto escuro. Fétidas roupas usadas. Suor e poros poluídos. A coberta por cima de seu corpo, só a sua cabeça exposta. Os cabelos antes pretos, agora brancos. Brilhantes. Os fios finos e compridos iluminavam e davam sinais de onde encontrar o titio no cômodo. Se tem algo que odeio, é a escuridão. As pálpebras enormes, crescendo, lutando para encontrar um facho de luz. Enxergar um tudo de nada. Tatear células e matérias. Não há reflexo. Não há uma pisada simples e confiante.

Venha aqui, Paulinho. Saia da sala. Está escura. Olha, um amigo da escola te deixou esta carta. O que é? Não é carta, é a tarefa de casa. Eu e Manoel criamos um código, um enigma que só nós dois podíamos decifrar. O nosso alfabeto secreto. No futuro, quando descobrirem as cartinhas, ninguém entenderá a nossa linguagem. A nossa forma miúda e escondida de trocar carícias. As frases, os trechos, poemas, piadas e formas de buscarmos um sentido imperceptível da felicidade. Levei a carta para o quarto, sílaba por sílaba escrevia com o lápis no guardanapo. Vulgaridades, impressões da aula, as roupas do dia, o banheiro, os desejos, a promessa, um livro de dez anos para ser publicado. Olhos desenroscando os sinais. A intensidade das palavras, das formas que dão existência, revolta, felicidade, gargalhadas, o extraordinário. Um modo de espreitar o amor por Manoel. Ele, mesmo em indecifráveis enigmas, sabia se declarar para mim. Citou um poeta que se diz Pessoa. Dizer é uma angústia metafísica disfarçada, é uma grande desilusão incógnita, é uma poesia surda da alma aflorando aborrecida à janela que dá para a vida.

Somos feitos do quadro mais obsceno, de um artista proibido, exposto na praça pública de uma cidade com menos de cinco mil habitantes do interior paulista. Arranquei a coberta. Cheirava chorume e merda. Ensopada de suor com odor de pano velho encontrado na poeira de uma casa antiga. Anos sem lavar. Titio estava nu. Olhos secos arregalados. Fixos no teto. Seu rosto enrugado, como crista de galo. Vermelhidão nas bochechas. A pele desaparecendo e dando aparência aos ossos e cartilagens. Ele havia arrancado o nariz. Não sabia o motivo, mas dava para notar resquícios de carne humana nos dentes verdes e pretos, mucos amarelados tomavam formas na gengiva. Pus e ranhos pingavam no colchão. Pedaços de lábios caídos no travesseiro. Não havia mais boca. A caveira toma forma. Ele havia mutilado as orelhas. Estão no chão, grudadas com sangue seco. Lençol sujo de bosta e urina. Uma cor que dá cheiro de vômito. Náuseas. Secreções e hematomas. Os nervos fracos. Decompondo-se. Unhas enormes como as pontas fincadas no próprio músculo. O cu ressecado, desgastado, com resíduos de defecação espalhados pelas nádegas. Pingos de sangue e merda revestiam sua pele. Meu tio não era mais humano. Ele abandona a vista do teto e me encara. Eu não consigo corresponder. Ele está debilitado. Inútil. Ineficiente. Imprestável. O que fizeste a ti mesmo, titio? Ele fala algo, tão baixo. A boca aberta. Aproximo-me, um hálito deplorável. Onde nem se enxerga mais dentro dele uma alma. Joana, Joana, Joana. Ele diz e volta a mirar a cor branca do teto.

Somos nascidos da morte. Cosmos e matérias se misturam para conceber outro ser vivo. Ver é melhor que pensar. Uma criança diante de um quase cadáver. Cedo ou tarde o passado chega para abalar a exterioridade. Titio não suportou mais reviver o dia em que perdeu Joana. Eu não posso segurar esta situação sozinho. Sem mamãe, agora sem titio. Pego o cobertor verde encharcado de sangue, catarro, pus e pedaços de pele, e cubro todo o corpo dele. Ainda o ouço chamar por Joana. Abafado. Estático. Atormentado. Caminho de costas em direção à porta do quarto. Calcanhares estudam a estrutura do passo. Levemente dispostos a não emitirem sons. Fecho a maçaneta, dando uma última verificada na cama. A exploração do silêncio. O corredor me conforta. Pego o dinheiro guardado no pote de bolachas e saio da casa, salto para a calçada. Chego até a esquina do quarteirão. Sem olhar para trás. Ainda não sei do agravamento de um arrependimento. Sigo em direção à rodoviária. Talvez eu consiga ir embora de São Carlos. Talvez eu consiga passagem para Paris, ao encontro de mamãe. Talvez eu leve o Manoel comigo. Talvez ele aceite e embarque de mãos dadas. Talvez o pijama não fique empapado. Talvez um cinema seja asilo. Talvez as fotos 3x4 estejam guardadas. Talvez eu invente para a mamãe uma história sobre o que houve com titio. Talvez eu já tenha descoberto os mistérios da família, escondidos no mais obscuro e grotesco passado. Talvez hoje eu tenha deixado, naquele quarto do titio, a minha última atitude infantil. Para qual lado fica a rodoviária? Todas as ruas de São Carlos terminam de frente para a parede amarela do cemitério. Talvez.

Desfecho

Foi assim. Joana terminou casando-se com Sebastião. Este ainda sonha com o retorno de Manuela.

Pedro desvendou o suposto assassinato de Drica, mas tomou um tiro na cabeça, quando entrou no quarto de Dona Carmen.

A bomba colocada debaixo do banco do parque da Nova Estância não explodiu.

Carlos e seu filho, o pequeno Rubens, voltaram a conversar.

Jéssica finalmente conseguiu contato com algum ser espacial.

A cabeça de Joaquim foi encontrada dentro do porta-malas do Fiat 147 abandonado no Varjão. O carro era de Antunes.

Fábio voltou da Espanha com uma nova namorada. Colaborando para a ira de Caio.

Paulo viu fantasmas. E enlouqueceu. Os cortes nos braços ele diz ser de unhas das almas que o atormentam.

Antônio Sérgio descobriu, depois de anos, que as cartas que enviava para Celso chegavam no endereço de uma fábrica abandonada.

Bianca perderá as eleições. E se enforcará.

Marcelo será preso repassando cheques falsos para o senador Junqueira.

Jonathan pôs fogo na jaqueta que seu pai lhe deixou de herança. Enquanto o seu irmão herdou a casa de praia em São Vicente.

Kátia atira em Paula.

Daniel se tornou *best-seller*.

Horácio se apaixonou por um galo, ambos dormem na mesma cama e celebram todos os anos, no dia 14 de outubro, o enlace.

Corina tira o corpo do marido da geladeira. Assa os testículos e os envia, dentro de um *ziploc*, para os sogros.

Otávio fez de tudo para ter Geovana de volta. Ela está feliz ao lado de Ruth, no apartamento alugado próximo à Oscar Freire.

Kelly entra na Faculdade. Kelly abandona o curso de Letras.

Rosa fecha a sua editora de livros. Achava que bajular os docentes acadêmicos a faria lucrar.

Josias pensou que, se votasse no Capitão, finalmente o país entraria em uma Nova Era. Josias continua no vermelho. Devendo para o banco e sendo perseguido por agiotas.

Da sacada do Leblon, General Maria é aclamado e ovacionado ao som de mito.

Lopez conheceu o gelo.

Matheus perdeu a chave. Nunca mais entrou em seu apartamento. Atualmente mora na calçada, embaixo do Minhocão. Foi visto acendendo uma fogueira para assar asinhas de frango em frente ao metrô Marechal Deodoro.

Carlos Alberto abriu o baú antigo de seu avô, aquele exposto no canto do porão. Fechado com cadeado antigo, pesado. Aquele com fivelas de metais enferrujadas. Quando olhou para dentro do baú. O baú de seu pai. Carlos Alberto finalmente encontrou.

– Ah, vá pra merda!

– O que foi?

– Muito chato.

– Como assim.

– Já chega. Marmelada. Tô de saco cheio disto aqui.

– Levantou por quê?

– Vamos embora.

– A sala está cheia. Senta.

– Filme sem pé nem cabeça. Vamos.

– Agora?

– Neste exato momento.

– Mas já tá acabando.

– Chato demais

– Para com isso.

– Fui.

– Carlucho? Carlucho? Pera aí.

Corta!

Da Tela à Página e Vice-versa
Ou Algumas Reflexões sobre Somente nos Cinemas *(mas sem correr o risco de cometer* spoilers*)*

JORGE VICENTE VALENTIM[*]

> *Nunca lhe aconteceu, ao ler um livro, interromper com frequência a leitura, não por desinteresse, mas, ao contrário, por afluxo de ideias, excitações, associações? Numa palavra, nunca lhe aconteceu ler levantando a cabeça?*
>
> ROLAND BARTHES, *O Rumor da Língua*

> *Sabe, Gustavo, quando um filme te pega de jeito, você jamais vai largar dele. Mesmo assistindo milhares de vezes. É como bater na porta do apartamento de um amigo que você não via há muito tempo. Pode conhecer o jeito dele andar, puxar papo, gesticular. Cada frase dita. A conversa igual. Os anos de convivência. Mas, sem se dar conta, nos detalhes, tudo se torna um take novo.*
>
> JORGE IALANJI FILHOLINI, *Somente nos Cinemas*

---

[*] *Professor Associado do Departamento de Letras e do Quadro Permanente do Programa de Pós-Graduação em Estudos de Literatura da* UFSCAR. *Professor Colaborador do Programa de Pós-Graduação em Estudos de Literatura da* UNESP-FCLAR. *Finalista do Prêmio Jabuti 2017.*

O que dizer depois de encerrada a leitura de uma obra? Que juízo emitir após o impacto de se ver tomado e seduzido pelo efeito de uma escrita cativante e motivadora de reflexões e interrogações? Como lidar com os efeitos colaterais diante de pequenos textos que provocam o incômodo exercício de sair das zonas de conforto e lidar com espaços de confronto? O que esperar de um escritor que vem se afirmando como um genuíno contista e que abraçou a categoria da ficção curta como o seu local de origem e pertença?

Essas e outras perguntas surgem ao leitor, independente de ser ou não ligado ao *métier* acadêmico. Os contos de Jorge Ialanji Filholini incomodam, no melhor sentido da palavra. Tiram do lugar-comum e cômodo de um prazer imediato e transportam para o inevitável exercício da interrogação e da reflexão sobre temas que vão desde a violência infringida ao abandono, do sentimento de solidão à satisfação plena diante da capacidade de realização.

A vantagem de escrever essas ideias num "Posfácio" reside na possibilidade de não adiantar o final das tramas e, assim, cometer o indesejado *spoiler*. Mas, se o leitor desatento não conseguiu observar as nuances dos contos de *Somente nos Cinemas*, então, peço desculpas porque não acredito ser possível passar incólume pela leitura dos catorze textos da presente coletânea. E, em meu auxílio, recorro a autorizada voz de Roland Barthes. No seu ensaio "Escrever a Leitura", o reconhecido semiólogo francês sublinha dois tipos diferentes de leitura. Uma, mais imediata e direta, em que o fluxo se dá de forma quase que compulsiva. E outra, onde o leitor vai levantando a cabeça, numa atitude salutarmente irrespeitosa, porque "corta o texto, e apaixonada, pois que a ele volta e dele se nutre" (Barthes). Em outras palavras, uma leitura onde a obra vai suscitando uma série de indagações e questionamentos.

Pois, para mim, é exatamente esse o efeito que os textos de Jorge Ialanji Filholini exercem sobre os que se aventuram pelas tramas de *Somente nos Cinemas*. Desde sua epígrafe, onde somos alertados, a partir de um jogo ortográfico: "Sorria, você está sendo fulminado" (e não somente filmado, claro), até às diferentes funções cinematográficas revisitadas ao longo de cada um dos catorze contos (os editores, os produtores, os diretores, os atores, os roteiristas, os músicos responsáveis pela trilha sonora, por exemplo), não restam dúvidas que somente aqui, nos pequenos cinemas reinventados pela pena filholiniana, os leitores, transformados também em espectadores, são seduzidos por distintas categorias fílmicas.

Não à toa, em cada conto, o leitor é duplamente induzido a levantar a cabeça. Primeiro, porque parece realmente transitar entre a comédia e o drama, entre o *western* e o musical, entre o romance e o pornô, graças a uma plasticidade discursiva, exercida até às linhas limítrofes de combinações semânticas mais inusitadas, como faz, por exemplo, em "Ilha de Edição" e "Bianca Movies". Segundo, porque como não erguer a cabeça e se sentir incomodado com a percepção de uma violência implodida depois de uma vã tentativa de sufocamento, tal como se percebe em "Eu Sou Sérgio Caetano"? Como não se inquietar com as disparidades sociais tão visíveis e latentes e, por tantas vezes, convenientemente desprezadas, como articuladas em "Projeto: Favela"? Como não sorrir e concordar com o aspecto conciso das falas desnecessárias depois de uma intensa (pretensa?) relação erótica, tal como ocorre, por exemplo, em "Diálogos"? Como não se emocionar diante da dor da perda e da constatação de que a ausência é uma ferida de impossível cicatriz, como encena e ensaia em "O Mar"? Ou, ainda, como não sentir na pele a decepção ao dar-se conta de que o mundo atual já não oferece espaço para gestos heroicos e redentores, como se tece na trama de "Pablo Tentou Ser Super-herói"?

Muito longe de finais simplistas e acabamentos previsíveis, a cada página (ou, melhor dizendo, a cada película?), somos surpreendidos com a exposição de uma face conhecida porque pertencente ao cotidiano mais imediato e, muitas vezes, evitado, em virtude do seu profundo incômodo. Isto não quer dizer, no entanto, que sejamos tratados com castigo e punição. Não. Nesse ponto, Jorge Ialanji Filholini é generoso com o seu leitor, até porque o próprio conto de abertura ("Ilha de Edição") já indica que, aqui, não iremos encontrar um remédio ou um paliativo. Muito pelo contrário, o autor parece oferecer uma gama de opções para que cabeças se ergam durante a leitura e se coloquem num exercício de ebulição interrogativa. Afinal, como bem alerta o narrador de "Bianca Movies", "quando um filme [ou seria um conto?] te pega de jeito, você jamais vai largar dele".

Vaticínio ou profecia, fato é que os contos de Jorge Ialanji Filholini pegam o leitor de jeito e este não os larga com facilidade. Talvez, porque, ao lado das diferentes categorias fílmicas, o autor também passeia por diferentes tipos de textos, esbanjando uma riqueza no seu repertório de construção narrativa: do microconto ao conto mais expandido, quase fronteiriço com a novela; da prosa intimista e dolorosa ao texto com tonalidade cronística e jocosa; do diário aos diálogos com discurso direto enxuto e preciso. Nesta ambivalência lúdica, somos transportados da tela à página e vice-versa, porque, se os contos de *Somente nos Cinemas* representam situações tão corriqueiras a esses cenários, os leitores desse novo livro de Jorge Ialanji Filholini logo se dão conta de que também nos textos ficcionais apresentados (e não somente nos cinemas) as tramas efabuladas também se realizam e se concretizam.

Não estamos diante, portanto, de um escritor meramente intuitivo. Ainda que a sua intuição seja certeira, a sua capacidade de escrita demonstra uma maturidade no tratamento dos temas e na articulação da arquitetura textual, além de uma sensibilidade inequívoca para as possibilidades de que a língua portuguesa lhe oferece para construir e manter a sua poética. Um dos contos onde mais se percebe esse domínio, na minha opinião, é "O mar". Aqui, a dor da perda e a percepção de uma ausência dominam o tom da efabulação, seduzindo e fazendo o leitor levantar a cabeça e encarnar/encarar a própria percepção do pai:

Todos amam o mar. Eu não. Todos levam seus amigos para verem o mar. Eu não. Todos tiram férias para mergulhar no mar. Eu não. Todos querem paz diante do mar. Eu nunca tive. Todos imaginam renascer depois de segundos debaixo de uma onda. Eu não. Todos jogam garrafas com o nome de um amor para boiarem por todo o oceano. Eu não. Todos fazem canções para exaltar as águas salgadas. Eu nunca soube fazer uma melodia. Todos se casam à beira da praia. Eu não. Todos levam crianças para banharem as primeiras células da epiderme em uma maré. Eu não. Todos almejam um instante de reflexão às margens da praia. Eu larguei o corpo da minha filha no mar.

A insistência do eu em negar todos os lugares-comuns possíveis em relação à paisagem do mar não deixa de imprimir o sentimento de dor, de recusa e de incompreensão diante da perda de sua filha. Invertendo a ordem natural das coisas, onde os filhos deveriam enterrar os seus pais, aqui, o narrador-protagonista abandona todas as convenções sociais e investe numa ética pessoal de evitar a expansão do sofrimento alheio, impingindo sobre si mesmo o sofrimento maior, sentido no peso duplo da dor e da causalidade da morte alheia.

Assim, os contos de Jorge Ialanji Filholini agarram-se ao leitor e este não os consegue abandonar. Claro que, se o início de um bom conto vale muito mais que qualquer final ruim (e valho-me, aqui, da prerrogativa lançada pelo narrador de "Ilha de Edição"), a capacidade inventiva do jovem autor não reside apenas nas linhas iniciais, mas espraia-se pelos desenvolvimentos e também pelos desfechos. Aliás, todos os contos aparecem com uma técnica de concisão, graças às muitas inserções dos seus intensos aforismos. Alguns, realmente, surpreendentes pela sua carga magnética de apreensão: "A noite é onde a loucura pede o descarrego do corpo" (em "Bianca Movies"); "Para criar mundo é preciso a mente aceitar que aquilo existe" e "Atuar é a extravagante sensação de rebolar a bunda para a realidade" (em "Projeto: Favela"); "Coletividade é um dente falso que quebra na primeira mordida da maça", "Aniversário foi criado para a felicidade dos convidados. A idade que se foda" e "Não se joga fora o pão que o destino esquentou" (em "Eu Sou Sérgio Caetano"); "Quem todo o dia beija os pés de santos jamais vai querer receber o milagre a longo prazo", "Versículos são como águas que descem da cachoeira. Curtas, barulhentas e nunca tendo as mesmas interpretações" e "A ansiedade é o cão louco dando voltas pela casa" (em "O Mar"), além de outras ocorrências que reiteram essa poética da concisão e do desenvolvimento plástico da linguagem.

Percebe-se, já aqui, também um refinado exercício de observação e apreensão de todo um elenco literário, de quem Jorge Ialanji Filholini é um refinado leitor. Como não pressentir as ressonâncias intertextuais de um Mia Couto, de um Marcelino Freire, de um Lourenço Mutarelli, de um Julio Cortázar, de um Jorge Luis Borges? E de tantos outros mais que, certamente, contribuíram para a consolidação deste jovem e promissor escritor?

Não se trata, portanto, no meu entender, de uma obra ao acaso. Tudo, aqui, é pensado até às últimas consequências, seja em termos de articulação temática, seja em termos de arquitextualidade e semântica narrativa. Se, no seu primeiro livro de contos (*Somos Mais Limpos Pela Manhã*, 2016), Jorge Ialanji Filholini preconiza em "Mataram o Narrador": "Mataram o meu personagem. Nem passou da página trinta" (p. 46), agora, em *Somente nos Cinemas*, ele reinventa o exercício lúdico das possibilidades de criação e elenca uma série outra de personagens, que vão de um conto a outro, de uma trama a outra, tecendo novas aventuras e despertando outras inquietações.

Uma última observação e de caráter pessoal. Conheci Jorge Ialanji Filholini quando ainda era um garoto, sentado nos bancos das minhas aulas nas disciplinas de Literatura Portuguesa e Literaturas Africanas de Língua Portuguesa, na Universidade Federal de São Carlos. Sempre me fascinou o seu olhar, que nada tinha de dissimulado, e o seu sorriso largo, quando se deparava com um texto que o impressionava. Suas leituras sempre chamaram a minha atenção e eu ficava, naquela época, imaginando as muitas possibilidades de um futuro promissor. Mas, nunca havia passado pela minha cabeça vê-lo tão bem inserido nos campos da criação literária. Ainda bem. Porque foi uma surpresa agradável e a confirmação de uma certeza: os discípulos, quase sempre, superam o mestre. E como fico feliz de ver, em *Somente nos Cinemas*, a consolidação dessa certeza.

Será, aqui, a confirmação da maturidade de um escritor no seu pleno domínio de ação? Acredito que sim. Para já, fica a nitidez de uma escrita muito bem cuidada e com uma articulação meticulosa e, ao mesmo tempo, generosa no seu bordado arquitetural. De aluno a autor de textos que, hoje, me auxiliam em muitas aulas nos cursos de graduação e pós-graduação. Como não se emocionar com um belíssimo e vitorioso percurso como esse? Que venham outros livros e outros filmes. Bem haja, meu caro escritor e querido amigo.

Créditos finais

Escrito e dirigido por Jorge Ialanji Filholini

Agradecimentos: Vera, Jorge e Tatiana, meus amores cinematográficos. Aos queridos e queridas de elenco: Marcelino Freire, Lourenço Mutarelli, Fernanda D'Umbra, Cristina Judar, Jorge Ribeiro, Jorge Vicente Valentim, Marcelo Montenegro, Plinio Martins Filho, Ricardo Assis, Carine Souza e Cirilo Braga.

Sobre o autor

Jorge Ialanji Filholini nasceu em São Paulo, mas viveu mais de vinte anos em São Carlos, interior do Estado. Escritor, editor e produtor cultural. É fundador do site cultural Livre Opinião – Ideias em Debate. Em 2016, publicou o livro *Somos Mais Limpos Pela Manhã* (Selo Demônio Negro), finalista do Prêmio Jabuti.

Título	Somente nos Cinemas
Autor	Jorge Ialanji Filholini
Capa	Arte feita com recortes por Lourenço Mutarelli
Editor	Plinio Martins Filho
Produção Editorial	Millena Machado
Design e Diagramação	Negrito Produção Editorial
Revisão	Carine Souza Jorge Antonio Ribeiro da Silva
Formato	13 x 21 cm
Tipologia	Arno Pro 11,5/15
Papel	Chambril Avena 90 g/m² (miolo) Cartão Supremo 250 g/m² (capa)
Número de Páginas	160
Impressão e Acabamento	Graphium

Este livro faz parte da série LêProsa, que reúne obras inéditas de novos autores e autoras, ou obras consagradas há tempo fora de catálogo.